W0209681

CONVERTIE

MARIE D'AUZON

Convertie

ÉDITIONS DU TOUCAN

© TF1 Entreprises / Éditions du Toucan, 2008.
ISBN : 978-2-253-12614-0 – 1re publication LGF

Note de l'éditeur

L'éditeur tient à souligner l'expérience singulière et unique de cette aventure.

Le récit de Marie d'Auzon est un témoignage personnel et intime. Une trajectoire en fin d'adolescence, un moment particulier.

Marie d'Auzon en quête d'identité et de dialogues a rencontré des manipulateurs. Chaque communauté a les siens qui savent mieux que les autres culpabiliser, chercher à arbitrer, s'engouffrer dans les brèches et les contradictions de chacun d'entre nous.

En aucun cas l'éditeur et l'auteur ne souhaiteraient tirer des conclusions hâtives et grossières sur les pratiques quotidiennes de l'islam et écrire un texte contre cette religion. On ne peut pas confondre les musulmans et les personnages violents que Marie d'Auzon a croisés dans ce récit.

Un éclair frôle le toit de la maison
À une vitesse fulgurante
Tellement fulgurante
Que pour nous ce n'était qu'un point brillant.
(Mon fils)

Il y a cinq prières en islam qui correspondent
à cinq moments de la journée.

Sobh / l'aube
Dhohr / le midi
Asr / l'après-midi
Maghreb / le crépuscule
Icha / la nuit tombée

Juillet 1996
Gif-sur-Yvette

C'était une grande maison, sobre et grise. Sur le mur, les plaques des médecins avaient été arrachées les unes après les autres, seules les traces jaunies qu'elles avaient laissées témoignaient d'une autre époque.

Le jardinet, devant, gisait à l'abandon. Ronces et mauvaises herbes, buissons indomptés l'avaient lentement étouffé. Au ras du sol, de petites lucarnes, presque des meurtrières, rongées par la rouille, gonflées par l'humidité comme des ventres de noyés, ne s'ouvraient plus.

L'été, le chemin défoncé et bordé d'herbes folles me rappelait la campagne de mon enfance, les vacances dans le Berry. Même le petit parking toujours désert, à l'arrière de la maison, ressemblait à ces places aménagées dans le flanc des collines et où l'on s'arrêtait pour admirer la vue.

Mais l'hiver, les trous se remplissaient d'eau sale, et tout prenait un air d'abandon et de misère.

Mon père m'a montré la pièce qui me servirait de chambre. Il y avait une grande fenêtre, mais je n'ai pas le moindre souvenir d'un rayon de soleil. Je la revois encore sombre et froide.

C'était un ancien bureau de dentiste, décoré à la mode des années 1970, avec du papier peint marron, une moquette marron et du linoléum gris sur l'estrade qui recevait jadis le fauteuil. Il n'en restait plus qu'une déchirure et un bouquet de gros fils électriques qui se dressait durement comme une ronce poussée là envers et contre tout.

Ici et là, d'autres fils, des trous dans les murs, des papiers qui traînaient, la pièce semblait avoir été abandonnée précipitamment.

En voyant tout cela, je me souvenais de mon premier job d'été ici en tant que secrétaire et de la jolie dentiste qui travaillait dans ce bureau. Il me semble qu'à l'époque il y avait du soleil.

Ce jour-là en tout cas, en plein mois de juillet, je ne trouvais rien de plaisant dans cette petite pièce coincée entre l'escalier et le laboratoire. J'ai regardé mon père d'un air sceptique quand il m'a dit : « Tu vas être bien là, hein ? »

Mes parents s'étaient séparés l'année précédente, après plus de vingt ans de mariage sans amour. Au moment du divorce, les dettes accumulées par mon père au fil des années s'étaient révélées les unes après les autres, et nous avons tout perdu. Il fallut vendre le joli pavillon dont ma mère avait fait les plans quatre ans auparavant. Elle a dû retourner vivre chez ses parents et nous a confiées à notre père, le temps de se remettre.

Finalement la maison médicale fut la seule solution pour nous loger, ma sœur et moi.

Mon père avait déjà aménagé une pièce dans un local au rez-de-chaussée, avec une douche et une cuisinette. Il dormait là et, pendant les heures de consultation, sa chambre faisait office de cuisine et de salle de bains. En faisant abstraction de la secrétaire qui venait faire le ménage tous les matins à 6 h 30, des patients qui défilaient toute la journée, des médecins, des odeurs et des trous dans les murs, ça ressemblait presque à une maison ; et parfois, on passait en serviette, en sortant dans la douche, les pieds mouillés, devant la salle d'attente, avec un petit bonjour poli à tout le monde.

Mais en novembre, j'ai commencé à vraiment détester cet endroit. Le radiateur de ma chambre ne marchait pas. La maison médicale se vidait petit à petit au fil des mois, médecin après médecin, pendant que les dettes de mon père continuaient à s'accumuler, et le papier peint à se décoller.

À cette époque, il y avait encore un dentiste à mon étage. Je guettais son départ pour m'installer dans son bureau et dans la salle d'attente adjacente. Les deux pièces étaient chauffées…

Lorsque je rentrais le soir, les jours les plus froids, la chaleur du couloir me traversait le corps. Mais, dès que j'ouvrais la porte de ma chambre, l'atmosphère devenait glaciale. Quand j'écrivais, mes doigts gelaient et je dormais avec mon manteau. J'avais deux plaques électriques que je laissais tourner pour chauffer la pièce et mes mains quand j'étais obligée d'enlever mes gants pour travailler, ou rouler un oinj.

Parfois, si j'oubliais de fermer ma porte à clé, un patient se trompait et entrait dans ma chambre. En général, il lui fallait deux ou trois secondes pour comprendre comment il était passé de l'univers aseptisé d'une maison médicale à celui d'une chambre d'ado aux murs tapissés de posters de Bob, souvent baignés d'un nuage de fumée odorante.

J'étais en khâgne à Versailles cette année-là. Après quelques mois à travailler jour et nuit sans jamais atteindre la moyenne à un devoir, j'étais à moitié dépressive, comme tout le monde dans ma classe. Tous les jours, je voyais mes camarades s'échanger des antidépresseurs (« Tu prends quoi toi ? Ah bon, moi je prends ça, essaie, ça marche bien ») puis courir à la bibliothèque pour arracher les pages des livres. Moi je ne prenais pas de Xanax, je préférais fumer des bedos. Ça m'aidait à dormir le soir, à oublier mes cauchemars le matin.

Pendant les vacances de Pâques, un de mes camarades, pas un de mes préférés à vrai dire, est parti se tirer une balle dans la tête devant la maternité qui l'avait vu naître dix-neuf ans auparavant.

Certains ont dit qu'il était trop faible et que c'était la sélection naturelle.

Il ne devait pas être le premier à vouloir s'envoler hors de la cage, il n'y avait plus de poignée aux fenêtres des étages...

À partir de ce jour, l'haleine de mon professeur de lettres m'est devenue définitivement insupportable, plus encore que son air pédant quand il marchait avec son long manteau de laine bleu marine posé sur ses épaules.

Et après une année à écrire des choses que je ne comprenais pas moi-même, je fus autorisée à redoubler. J'aurais préféré mourir.

Je me suis retrouvée à l'épreuve de lettres du concours de l'École normale supérieure de Fontenay devant le même sujet que j'avais traité encore et encore toute l'année. L'idée de passer cinq heures à faire un plan de dissertation selon le modèle Normale sup, comme une équation, m'était insupportable. Dehors il faisait beau, il y avait un petit parc juste devant et j'avais une boulette dans la poche. La vie m'attendait. Je me suis levée et j'ai rendue feuille blanche.

Tout de suite après le concours, j'ai retrouvé ma joie de vivre, mais mon père, lui, sombrait dans une dépression de plus en plus profonde.

Il traînait en pyjama toute la journée, amaigri, pas rasé, travaillant un jour sur trois, passant des heures devant son ordinateur, dans son bureau où perçait à peine la lumière du jour. Les papiers s'amoncelaient devant les fenêtres vermoulues, ça sentait le renfermé, le chien mouillé et le tabac froid, et lui il était là penché un peu en avant, presque immobile, illustration inquiétante d'un conte enfantin. Le petit garçon a vieilli, prisonnier du livre offert par son père pour qu'il ne parle pas de toutes ces nuits où il venait le rejoindre dans son lit. Mais dans ses yeux cernés on voit bien que cette nuit non plus il n'a pas dormi, malgré les cachets. Et il y a dans ses yeux vitreux, perdus dans son monde virtuel, ceux de l'enfant apeuré qui attend que sa mère revienne, qui attend depuis quarante-cinq ans.

Les derniers médecins quittèrent les lieux et la maison se trouva laissée à l'abandon.

Je pus m'installer dans l'autre bureau de dentiste, juste en face, qui ouvrait d'un côté sur une petite pièce avec un évier, et de l'autre sur la salle d'attente. La décoration datait des années 1970, ici aussi. Le papier peint beige commençait à se décoller un peu partout, mais au moins aucun fil ne sortait du sol ni des murs, et la fenêtre fermait, contrairement à celle de ma première chambre qui avait subi les assauts de l'humidité après un hiver sans chauffage. Je me voyais déjà tout repeindre, transformer le labo en cuisine ou en salle de bains, le bureau en salon, ce serait comme un vrai petit deux-pièces pour moi toute seule.

Et puis mon père cessa complètement de travailler.

Il n'y eut pas de travaux, pas d'aménagement. Le bureau ne fut qu'un placard, et le labo ne me servit qu'à me laver les dents, quand l'eau n'était pas trop glacée, car il n'y avait d'eau chaude que dans la chambre de mon père en bas.

On fit de moins en moins souvent les courses. Parfois il ne restait plus que du riz, sans beurre, matin, midi et soir, pendant des jours.

À force, mon estomac s'était si bien rétréci que j'arrivais à tenir juste en buvant du thé. Je ne ressentais presque plus la faim, souvent je préférais jeûner que manger du riz ou des pâtes. Mais je me souviens d'un jour où mon ventre s'est rebellé. J'étais à jeun depuis presque trois jours et d'un coup j'ai été pliée en deux par la douleur. La vue du riz me donnait envie de vomir, mais je savais qu'il fallait que je mange. Alors j'ai fouillé partout, dans ma chambre, dans le bureau de mon père, dans les poches des vêtements sales, et j'ai trouvé 10 francs.

J'ai marché jusqu'à la boulangerie et j'ai acheté un pain complet. Les premières bouchées m'ont fait mal aux mâchoires et au ventre, mais c'est la meilleure chose que j'ai mangée de ma vie. Il avait un goût de gâteau.

Je n'ai pas pu le finir avant qu'il soit rassis, tellement il était gros.

Après ça, je pris l'habitude de voler un peu à chaque fois que j'allais dans un magasin. Je volais à manger, je volais du maquillage, des vêtements, tout ce dont j'avais besoin. À Noël je me suis volé du foie gras et, tous les vendredis, j'allais au même supermarché, à côté de ma fac, voler une bouteille de whisky. J'adorais le petit frisson au moment de passer la caisse. Je volais parfois par besoin, mais de plus en plus souvent par plaisir. Cela me permettait aussi de garder le peu d'argent que pouvait me donner mon père pour acheter du chichon.

Cet hiver-là, aucun des bureaux ne fut chauffé. Ma sœur et moi, on eut chacune un petit chauffage au fuel qui empestait et donnait mal à la tête quand son odeur se mêlait à celle de la maison qui moisissait. L'air devenait lourd et enivrant quand je le chargeais encore de fumée et d'encens. Souvent, quand on rentrait le soir, il n'y avait plus de téléphone, ou de lumière, ou de fuel pour le chauffage. Le copain de ma sœur escaladait le mur des voisins pour atteindre notre compteur situé sur leur terrain, en cachette car ils nous en avaient interdit l'accès. Et parfois, l'électricité revenait, c'était juste l'humidité qui s'infiltrait partout dans les bureaux et qui provoquait des courts-circuits. Dans le cas contraire, on savait qu'il fallait fouiller le courrier qui s'entassait en piles instables un peu partout à la recherche de la dernière relance.

Mon père continuait de venir me voir de temps en temps, et en entrant il disait : « Il fait bon ici, tu es bien installée hein ! ». Je disais « oui bien sûr », en souriant, et lui souriait aussi d'un air satisfait.

J'adore le sourire de mon père.

Ce qui m'obsédait chaque jour, chaque soir, pendant cette année-là, c'était la crainte de le retrouver pendu dans sa chambre.

Il laissait tout aller, et rien ne semblait pouvoir le sortir de sa torpeur.

Mais au fil des mois on s'était habituées à cette vie et je ne crois pas qu'on était malheureuses, au moins on était libres. Mon père nous laissait faire ce qu'on voulait, je ne sais même pas s'il remarquait nos allées et venues. Je sortais beaucoup, mais je réussissais mes examens à la fac en dépit de tous les cours séchés, les joints fumés, les bouteilles vidées et les cachets avalés. Et c'est tout ce que je disais à ma mère quand elle téléphonait. J'ai eu 16 à mon partiel.

Mon père a guéri un matin. Il s'est levé, et il allait mieux. Comme ça, d'un coup.

Je me souviendrais toujours de son regard, quand il me l'a annoncé. On était dehors, juste devant la porte, je crois qu'il faisait beau. J'ai retrouvé la malice qui brillait dans ses yeux verts quand il nous faisait des blagues à 2 francs, je me disais qu'il me prenait encore pour une petite fille. Oui, il faisait beau ce jour-là.

Très vite, il a recommencé à travailler, très vite, il s'est mis en couple avec une de ses patientes, et, très vite, il est parti chez elle.

Tout l'argent qu'il déposait à la banque était saisi immédiatement. Il demandait à ses patients de le payer en espèces, ce qui nous permettait de manger, mais l'électricité et le téléphone étaient toujours régulièrement coupés.

La maison est devenue un squat d'ados. Les enfants de son ex s'étaient installés aussi, ils vivaient là sans participer à aucune charge.

L'ancienne chambre de mon père, qui servait de salle de bains et de cuisine, est rapidement devenue un antre de saleté. La vaisselle laissée à l'abandon empestait, et on ne pouvait même plus accéder à l'évier qui devait aussi servir de lavabo. La table couverte de poussière et d'assiettes sales ne permettait pas de poser une serviette ou des vêtements propres, la douche, bouchée, était repoussante de crasse.

Puis c'est le toit qui commença à montrer des signes de fatigue, et le dernier étage, où ma sœur voulait s'installer, fut bientôt complètement condamné. Les poutres commençaient à s'écrouler, et la pluie s'infiltrait partout.

La saleté, la misère, l'abandon suintèrent de tous les murs jusque dehors.

Le parking était défoncé, et petit à petit envahi par la végétation. Il y avait d'énormes trous d'eau qui ne désemplissaient jamais et, par temps humide, la maison devenait presque inaccessible.

Si, malgré tout, quelqu'un voulait venir un jour de pluie, il fallait contourner le bâtiment et, avec un peu de chance, on trouvait un chemin aménagé dans la boue avec de vieux cartons qui permettait de traverser ce qui avait été un jardinet.

S'il n'y avait pas de cartons, on était sûr de ressortir de là comme d'un marécage, couvert de boue jusqu'aux genoux.

Et là, on arrivait devant la porte, dont une vitre était remplacée par une planche de bois clouée à la va-vite.

Les derniers temps, je ne l'utilisais plus, je préférais escalader la fenêtre car, en partant, mon père nous avait laissé la garde du jeune rottweiler dont il avait un jour eu envie et qui maintenant, délaissé par son maître, non dressé, devenait un peu plus fou chaque jour.

Il n'était pas propre et faisait ses besoins partout dans les couloirs. On n'avait pas envie de traverser, surtout les jours sans lumière... ça moisissait là parfois pendant des jours avant que ma sœur ou moi trouvions le courage de nettoyer.

Et puis, s'il vous croisait dans la pénombre, vous n'étiez jamais sûr de sa réaction. Même dans ma chambre, je n'étais pas rassurée. J'avais mis un verrou pour qu'il n'entre plus, car il avait pris l'habitude de venir dormir dans mon lit, prenait toute la place et grognait quand je le poussais... Alors il travaillait à se frayer un chemin dans la porte à coups de dents. Un après-midi, mon père l'a laissé dans le jardin pendant ses consultations. Malco est sorti dans la rue et a attaqué une vieille dame qui passait. Elle a porté plainte et, pour éviter d'euthanasier l'animal, mon père l'a confié à un vigile, quelque part aux Antilles.

Mais quand le chien était là, les huissiers insistaient moins lorsqu'ils venaient frapper à la porte, à 8 heures du matin.

On ne leur ouvrait jamais ; de toute façon, il n'y avait rien à saisir.

Et les toxicos qui voulaient forcer l'entrée

pour chercher des cachets dans le bureau de mon père devaient prendre une bonne dose d'adrénaline quand Malco se jetait sur la porte de tout son poids en aboyant.

Je pris l'habitude de sortir, même lorsque j'étais seule, presque tous les soirs.

Quand je n'avais rien de mieux à faire, je faisais du stop jusqu'à Saint-Rémy, je montais dans un train direction Paris, avec mon vieux walkman à cassettes sur les oreilles et un tas de piles usagées dans les poches (quand on les laisse reposer, elles remarchent un peu). Je m'arrêtais n'importe où dans la capitale pour frayer les cafés ou les soirées, où je trouvais toujours quelqu'un pour m'offrir à boire, de la coke, des amphétamines, un exta, un buvard, du *poppers*. À la fin, j'avais même un petit stock chez moi, surtout des amphétamines, que je prenais parfois avant d'aller à la fac, pour me réveiller quand je n'avais pas assez dormi. Ou alors je réduisais un *ecstasy* en poudre et je le sniffais ; l'effet était léger, parfait pour commencer la journée.

Ça dura comme ça quelques mois, des soirées latines sur les péniches aux toilettes immondes du dernier bar ouvert, je repousse les mains mais je prends le trait.

Ce que je préférais, c'était aller dans des soirées où je ne connaissais personne. Je me sentais libre. Je pouvais être qui je voulais le temps d'un soir, je pouvais mentir, m'inventer un autre nom ou une autre vie. C'était un peu dangereux, parce que c'était toujours un homme rencontré dans un bar ou une boîte qui m'invitait, presque un inconnu, avec l'espoir de ne pas dormir seul. C'était un peu dangereux, mais là résidait aussi le plaisir.

Un soir, je suis partie à Neuilly. On m'a fait venir en taxi, comme une princesse. J'ai passé la soirée à regarder des minettes de 17 ans se faire tripoter par tout le monde. Il y avait de l'alcool, bien sûr, de la coke, des *ecstas* et du *poppers*. J'ai discuté avec une Chinoise qui me soutenait qu'elle était brésilienne et très célèbre, et avec une jolie styliste blonde en pleine ascension. En fait, c'étaient des prostituées finalement parties ensemble sucer un mec pour un rail. Mais parler avec elles, c'était toujours mieux que me faire mater par le père de leur client.

Vers 5 ou 6 heures, je n'en pouvais plus, j'avais froid (je croyais qu'au moins les riches avaient chaud chez eux !), je n'avais envie de parler avec personne, même la musique ne me plaisait pas.

J'avais passé la nuit à faire comprendre gentiment à des hommes dont certains étaient beaucoup plus vieux que moi que je n'avais pas l'intention de rentrer avec eux et que non, même « en toute amitié », ils ne pouvaient pas me prendre dans leurs bras.

J'ai demandé au mec qui m'avait invitée s'il pouvait me payer le taxi pour rentrer, comme il me l'avait proposé. Il m'a dit : « Oui, bien sûr, mais on va passer chez moi, j'ai pas ma carte pour tirer l'argent et ça me reviendra moins cher de Paris. »

Un « ami » nous dépose donc.

… Il a un joli deux-pièces mais, à voir ses meubles et sa déco, il n'est pas si riche qu'il en donne l'air. Il va tout de suite tirer l'argent, me le donne, et évidemment j'accepte un verre, merci.

Il me prend par les épaules et m'attire vers lui. Il a fait ça toute la soirée, à chaque fois je souris, un peu crispée quand même, et le repousse gentiment. À présent, il tourne mon visage et m'embrasse. Je m'écarte, je lui dis en souriant que je ne préfère pas parce que je n'ai pas l'intention de coucher avec lui ce soir.

« OK, OK, c'est juste un baiser. T'es chiante un peu. » Bon, c'est vrai, c'était juste un baiser. Je me détends. Je bois mon verre, on discute, il a l'air très intéressé par tout ce que je raconte et, bien sûr, j'en rajoute un peu. À un moment, comme attendri par mon histoire, il me prend dans ses bras.

Mais il m'attire vers lui et m'embrasse, plus brutalement cette fois. Je le repousse, mais il m'allonge sur le canapé, il est sur moi, il passe sa main sous ma robe, descend mon collant... Parfois, il me tient un peu les mains mais, de toute façon, j'ai beau me débattre, je n'arrive à rien faire. Non, non, non, non, non. Je tire sur son bras pour qu'il sorte sa main de ma culotte mais ça ne sert à rien, on dirait qu'il ne le sent même pas. Moi, par contre, ça me fatigue, de tirer, de pousser. À chaque fois que j'arrive à m'écarter, je n'ai même pas le temps de reprendre mon souffle qu'il me ramène contre lui violemment. Ça ne m'excite pas du tout, du tout, ce qu'il fait, et lui il me dit : « Laisse monter le plaisir... » J'ai la tête qui tourne, je continue à dire « non, je ne veux pas coucher avec toi », mais il ouvre son pantalon. Il me tient dans ses bras, tout contre moi, par-derrière. J'essaie de me dégager, je commence à avoir envie de vomir à force de bouger comme ça. Je sens qu'il rentre en moi, alors je le pousse avec mes pieds et je dis « non, t'as même pas de capote ! » Il me lâche. Il souffle comme s'il reprenait ses esprits et, moi, je respire, je remonte mon collant. Je m'assois et je lui dis : « Écoute, je me sens pas bien, laisse-moi, s'il te plaît, j'ai pas envie ce soir. – Mais pourquoi ? C'est rien, c'est bon, faut profiter des bons moments, on n'a qu'une vie. Tu me plais beaucoup. » Il revient vers moi pour m'embrasser, je tourne la tête pour éviter ses lèvres, mais il me prend à nouveau contre lui, il m'allonge, me tourne, me retourne me déshabille, ça recommence, je dis « non, non, non, non », je pousse, je griffe. Mais je ne crie pas.

Pourquoi je n'ai pas crié ?

Il est à nouveau presque en moi, je suis épuisée, à moitié dans les vappes, alors je dis simplement : « si j'ai pas le choix, au moins mets une capote. »

Il se relève avec un « oui » satisfait. Je ferme les yeux. Je me suis rhabillée, mais je reste là. Ça tourne, j'ai chaud, je tremble, pourtant j'avais l'impression d'avoir été plutôt raisonnable ce soir, seulement un demi-*ecsta*, deux rails de coke, un peu de *poppers* et quelques verres… Mais là, je ne peux pas bouger. J'ai juste besoin de dormir, d'oublier, de disparaître. Si possible ne plus me réveiller.

Il s'allonge derrière moi. Ça fait plus d'une heure déjà que je suis là, peut-être deux. Je ne bouge plus, je ne résiste même pas quand il me pénètre. Je me dis juste : ça va passer vite.

Mais il me fait mal. Très mal. Dans le ventre, à chacun de ses mouvements, j'ai mal comme s'il me déchirait l'utérus. Ça me réveille très vite, j'essaie de le pousser mais il me tient, il fait ce qu'il veut avec moi, il m'allonge, me redresse, à l'endroit, à l'envers ; quand j'arrive à m'échapper, il me rattrape et ça recommence. J'ai vraiment mal, j'ai des spasmes comme si j'allais vomir et je répète, le souffle entrecoupé : « Laisse-moi, je suis malade, lâche-moi. » Il voit que je vais vomir et il me lâche. Je vais dans la salle de bains qui ne ferme pas à clé et je m'écroule par terre, la tête au-dessus des toilettes. J'ai des spasmes, mais rien ne sort, c'est la douleur qui me donne envie de vomir. Allongée sur le carrelage froid, je me tords en essayant de ne pas crier.

Je ne sais pas ce que j'ai mais je n'ai pas eu aussi mal depuis ma péritonite.

Mon père était avec moi. Quand j'ai ouvert les yeux après l'opération, j'ai vu les siens s'illuminer, ils étaient pleins d'amour et de tendresse… Je ne l'avais jamais vu, ce regard, ça m'a un peu gênée. Je ne l'ai plus jamais revu depuis, ça m'a beaucoup manqué.

Je pense que je vais m'évanouir, je pense qu'il faut que j'aille à l'hôpital, mais je suis là sur ce carrelage froid et je ne peux pas bouger. Sur le chemin de l'hôpital, il y a ce salon aux volets clos et ce canapé rouge. Peu à peu, je reprends mes esprits. Le froid me fait du bien, j'ai des frissons et la douleur commence à passer. C'est le néon, au-dessus de ma tête, qui m'agresse maintenant. Je peux à peine ouvrir les yeux. Je me relève et retourne dans le salon en me tenant aux murs.

« Tu m'as fait mal. J'ai super mal au ventre. »

Il rit.

« T'as mal ? Ah, ça, c'est la faute de dame Nature. C'est rien, ça ira mieux demain.

— Je me sens vraiment mal, je veux rentrer chez moi.

— OK. Pose-toi si ça va pas, je vais appeler. »

Je remets mon collant et me glisse sous une couverture. Elle est chaude et douce, il a mis la radio et ce n'est pas de la techno, c'est du jazz, peut-être ?... Quelques secondes plus tard, je ne suis plus là.

Il me réveille en rentrant son sexe dans ma bouche. Je secoue la tête, il la tient en disant « chut ». Je n'ai même pas ouvert les yeux, j'ai attendu ou alors peut-être que je dormais encore, c'était rapide je crois. J'ai avalé, sans bouger, en essayant de me dire que demain est un autre jour, et je me suis rendormie.

Je ne sais pas combien de temps j'ai dormi

mais, quand je me suis réveillée, le monde ne tournait plus.

Cinq minutes dans la salle de bains, et je lui demande d'appeler le taxi. Il est 11 heures passées mais il fait complètement noir dans le salon. Il a fait un café, je m'assois pendant qu'il téléphone. Deux minutes après, il se met debout devant moi. Il veut que je recommence. « Allez, s'il te plaît, juste cinq minutes, c'est tellement agréable ! » Il commence à me tenir la tête, je lui dis : « Arrête, le taxi va arriver, il faut que j'y aille. » Il n'insiste pas trop, je me lève, je mets mon manteau, je tremble un peu en refermant la porte sur moi.

Il fait froid dehors mais le taxi arrive vite. Le chauffeur n'essaie pas de faire la conversation et c'est parfait.

J'ai les cheveux complètement emmêlés derrière, il va me falloir une heure pour les coiffer.

Après ça, la vie a continué sa vie, et moi aussi.

Ce matin-là, en rentrant à la maison médicale, je me souviens de ce jour, et d'autres encore. Du métro quand les gens autour font semblant de ne rien voir. Des bleus sur mes poignets et du sang dans ma bouche, du goût de poussière du foulard, des toilettes de la MJC, à côté du collège. De cette porte ouverte. De toutes ces agressions, de baisers volés en attouchements forcés, depuis bien trop d'années. Mais je ne dis rien. Je ne dis rien parce que je traîne dehors toutes les nuits, parce que je me drogue et que je mets des robes. Je ne dis rien parce qu'il faut assumer les risques qu'on prend.

Surtout, je ne dis rien parce que je n'ai pas envie qu'on me demande : « Qu'est-ce que tu faisais chez lui ? »

Ou pire : « Pourquoi tu n'as pas crié ? »

Pourquoi je n'ai pas crié ?

Si j'avais crié ce jour-là, est-ce que ça aurait changé quelque chose, est-ce que j'aurais pu éviter ça ?

Pourquoi je n'ai pas crié ?

Je n'ai jamais crié.

On a voulu m'en empêcher parfois, mais sans cette main ou ce foulard, est-ce que j'aurais crié ? C'est peut-être pour ça, c'est peut-être parce que je ne crie pas que je me fais agresser tout le temps, peut-être que les autres filles crient et qu'ils les laissent.

Est-ce que ne pas crier me rend consentante ?

Et ce n'est pas tout, j'aurais pu mordre…

Peut-être que ça vient de moi. Peut-être que c'est ma faute, peut-être que je l'ai cherché.

Peut-être que ce n'était pas vraiment un viol ?

En tout cas, après quelques soirées dans le genre de celle-ci, j'ai arrêté de sortir seule. Mes réserves de cachets se sont épuisées, et je suis presque devenue sage. Avec la fin de l'hiver, la vie à la maison médicale devint moins pénible et, par moments, je me sentais même heureuse. Et je me disais que cela ne faisait que commencer. J'avais 20 ans.

13 juillet 1998
Sobh

Je vais me convertir à l'islam.

J'ai suivi la finale de la Coupe du Monde de football, hier, et j'étais un peu déçue de ne pas être dehors, perdue dans cette foule vociférante et frénétique.

Comme je m'ennuyais, j'ai repris le livre que j'avais commencé quelque temps auparavant, *Faza'il e Amaal*[1].

1. En français, « *Le mérite des compagnons* ». Livre qui relate la naissance de l'Islam à travers des récits sur la vie des compagnons du prophète, qui ont été les premiers Arabes à s'être convertis à l'Islam.

C'est un livre sur l'islam que m'a prêté le meilleur ami de ma sœur. Il est converti et, au fil des discussions avec lui, j'ai eu envie de connaître cette religion.

J'avais déjà lu à peu près la moitié du livre, entre étonnement et scepticisme, avec respect quand même, mais cette fois ce fut tout de suite différent.

Je pleurais en lisant, sans savoir pourquoi. J'ai lu toute la nuit, parfois je ne comprenais même plus les mots mais, à la fin du livre, je croyais en Dieu.

Je me suis allongée sur mon lit, avec la sensation prodigieuse que le monde vibrait soudain d'une intense harmonie, et que moi, j'étais à la place exacte que je devais occuper en cet instant.

Le soleil s'est levé à l'heure, et c'était merveilleux. Chaque brin d'herbe doucement éveillé par le vent était exactement à sa place et dans son rôle, dans l'immensité du monde, du passé, du présent et du futur.

Je me suis endormie comme on souffle une bougie.

À mon réveil, la maison médicale, ma chambre, ces endroits que j'ai détestés, avaient changé, je me fiche pas mal d'habiter dans une salle d'attente avec des trous dans le toit et des araignées sur les murs.

Je vais me convertir à l'islam.

Asr

Depuis cette nuit-là, tout semble être devenu vivant, parce qu'en chaque chose je Le vois, le vent dans les arbres, la fleur poussée sauvage entre les rails, même les immeubles, tout est signe de Sa présence et me sourit.

J'ai dit au meilleur ami de ma sœur que je voulais devenir musulmane et il m'a orienté vers Bilal, un autre converti qui a beaucoup étudié la religion. Il est venu chez moi le 18 – c'était un samedi – avec un autre homme.

Il m'a offert un livre pour que j'apprenne à faire la prière, un autre pour étudier l'arabe, avec un Coran et un tapis de prière.

Pour me convertir, il m'a demandé d'attester trois fois de ma foi dans les cinq piliers de l'islam, et de faire la *shahada* qui consiste à dire en arabe que l'on croit en un Dieu unique et en son prophète Mohammed.

J'ai aussi choisi un nom arabe, Nejma, d'après le titre d'une sourate du Coran et aussi parce que ça veut dire « étoile ».

Je suis musulmane.

Sobh

Quand mon réveil sonne à 5 heures du matin pour la prière de l'aube, je saute de mon lit pour la faire.

Je fais mes cinq prières par jour et quelques autres en plus. Pour prier, je me purifie en faisant les ablutions à l'eau claire, trois fois les mains, la bouche, le nez, puis le visage, les bras, les cheveux, les oreilles et les pieds.

Il faut aussi se rincer à l'eau quand on va aux toilettes, manger de la main droite en disant *bismillah* avant et *alhamdoulillah* après, et encore beaucoup d'autres gestes et paroles, mais j'ai du mal à retenir les formules en arabe.

Bilal vient chez moi tous les jours depuis ma conversion.

Une fois, quand il est arrivé, je sortais de ma douche, je me préparais pour aller prendre le soleil devant la maison. Il a regardé son ami (celui qui était venu me convertir avec lui) en disant : « Bon, je crois qu'elle a rien compris. »

Il m'a expliqué qu'il faudrait que je porte plutôt des jupes longues qui cachent les jambes, et que je ne laisse pas mes « cheveux sexy tomber sur les épaules ».

Bilal m'a parlé d'un ami à lui, un homme très pieux, avec qui il m'aurait bien vue mariée. Il vit dans le désert de Mauritanie et il a déjà trois femmes ! Je sais que je ne pourrais pas supporter la polygamie.

Mais il paraît qu'il faut que je me marie. Le mariage, c'est la moitié de la foi et ce n'est pas bon qu'une femme qui vient de se convertir reste seule. C'est un imam très savant que Bilal connaît qui lui a dit ça. Il dit que si je me marie pour Allah, si mes intentions sont bonnes, le mariage sera forcément béni. Tout ça, c'est une question de foi.

Maghreb

J'ai enlevé tous mes livres de ma chambre. Bilal avait fait la moue en les regardant.

Icha

Bilal m'a dit que quand un homme reste seul avec une femme, le troisième c'est Chaitane [1]. Il m'a dit aussi qu'à chaque fois qu'un homme regarde une femme, une flèche se plante dans son cœur, et qu'il m'avait beaucoup regardé.

Je fais semblant de ne pas comprendre, comme d'habitude.

Il m'a apporté un voile blanc pour faire la prière, il dit que ça me va bien.

Maghreb

Bilal est revenu avec son ami.

Il m'a parlé d'un homme qui a rêvé de moi et qui pense que je serai sa femme. Je suis intriguée, et un peu flattée aussi. Quand ils se sont levés pour partir, son ami s'est tourné vers moi – je crois que c'est la première fois que je l'ai entendu prononcer plus de deux mots – pour me dire : « Bah, en fait, l'homme dont on te parle depuis tout à l'heure, c'est moi. »

Depuis, il m'appelle tous les soirs. Il s'appelle Abd el-Karim. C'est un Français converti lui

---

1. Le diable.

aussi, depuis l'âge de 16 ans. Aujourd'hui il en a 19.

Il a une très belle voix, calme, posée, on sent qu'il réfléchit avant de parler et je trouve ça rassurant.

Dohr

Je ne fume plus que des cigarettes depuis le jour de ma conversion.

Et je n'ai pas la moindre sensation de manque.

J'ai aussi appris à lire l'arabe en une semaine et maintenant je peux lire le Coran dans le texte, même si je ne le comprends pas. J'essaie d'en lire trois pages par jour minimum. C'est le rythme qu'il faut pour le lire entièrement une fois par an.

L'autre jour, Karim m'a emmenée à Paris, dans les boutiques musulmanes. J'avais pris un voile, mais je ne l'ai pas mis. J'avais envie de voir sa réaction pour être sûre qu'il ne m'obligerait pas à le mettre si un jour je me mariais avec lui. Il n'a rien dit.

Je ne suis pas vraiment attirée par lui, mais ça a l'air d'être quelqu'un de bien, et l'imam a dit qu'il serait une bonne condition pour ma religion.

Icha

On est allés au lac de Cernay et Karim m'a demandé à nouveau si je voulais me marier avec lui. J'ai réfléchi, mon cœur avait l'air d'avoir confiance, et j'ai dit oui.

Icha

Je me suis mariée le 12 à la mosquée de Trappes. Plus exactement dans une cave au sous-sol d'un immeuble. Il y avait des amis de mon mari qui servaient de témoins, l'imam et un petit garçon. J'étais assise sur une chaise de camping, un peu à l'écart, il y avait un rouleau de papier toilette sur la table à côté de moi.

L'imam était très froid et me regardait à peine, les autres pas du tout. Mais je me suis dit que c'était par piété, et je me suis sentie mal à l'aise, parce que j'avais mis du parfum.

En fait, je n'étais là que pour qu'on m'entende dire oui.

J'ai fait l'amour avec mon mari le soir, et après je me suis tournée et j'ai pleuré. Je ne sais pas pourquoi.

Il n'a rien vu.

Maghreb

Pour mon anniversaire, mon mari ne m'a pas offert de cadeau car ça ne se fête pas en islam. Il m'a dit : « Fêter quoi, une année de plus dans l'erreur et le péché ? » J'ai 21 ans.

J'ai aussi quitté mon emploi saisonnier avant la fin du contrat. Les relations étaient tendues depuis que quelqu'un m'avait surprise en train de faire la prière dans le théâtre. J'ai demandé à Karim si je ne pourrais pas les faire le soir après le travail, mais il dit que c'est très important de faire ses prières à l'heure, que les obligations envers Allah passent avant celles de la société.

Il dort de plus en plus souvent chez moi, et ça se passe bien, sauf quand un ami passe me voir. Mais ça n'arrive presque plus, même moi je n'ai plus envie, ils me regardent comme si j'étais folle. J'ai été choisie par Allah, tout le monde n'a pas cette chance.

Asr

Karim m'a fait faire de grands voiles par une couturière. Bilal lui a expliqué comment les faire couper selon le modèle que portait son ex-femme, une Marocaine avec qui il n'est resté marié que quelques semaines. Ce sont de grands rectangles que j'enroule autour de ma tête et que j'attache une fois sous le cou et une fois derrière la tête. Ils sont si lourds que le tissu glisse, je dois mettre un cache-cheveux dessous et tellement serrer sous la gorge que les épingles s'enfoncent dans ma peau. Mais à présent, je ne sors plus sans voile, sauf pour aller voir mes parents.

Dohr
Alfortville

On a trouvé un studio dans le 94. C'est un peu loin de ma famille, mais vu les relations ces derniers temps, ça m'arrange un peu.

Sobh

Je suis enceinte.

J'ai arrêté la pilule le mois dernier, mon mari dit que c'est interdit dans l'islam.

Je me sentais mal depuis deux semaines, j'ai fait une prise de sang et on a attendu les résultats sur place. Une femme est venue nous voir pour nous dire que le test était positif.

J'ai senti le sourire qui me montait aux lèvres mais, quand je me suis tournée vers mon mari, lui ne souriait pas.

On est rentrés en silence, mais ça n'avait plus d'importance ; à chaque fois que je posais la main sur mon ventre, je me disais que j'allais être maman.

C'est le ramadan aussi. Je croyais que ce serait difficile mais les journées sont courtes et je suis contente de jeûner.

La date du début de ma grossesse correspond au premier jour du ramadan, c'est un signe.

Asr

J'ai annoncé ma grossesse à mes parents. Ils ont mal réagi, comme prévu. Ils ont du mal à accepter mon mari et c'est vrai qu'il ne fait rien pour arranger les choses. À chaque fois qu'on va les voir, il reste assis avec un air glacial. Je sais qu'il est mal à l'aise, mais ça peut facilement passer pour de l'indifférence, voire du mépris. Il y a un peu de ça aussi, d'ailleurs, il n'aime pas les mécréants.

On va les voir un week-end sur deux, parfois plus, et à chaque fois je repars en pleurant, surtout quand je vais voir mon père. Il est presque méchant depuis que je me suis mariée et j'ai l'impression que tout ce qu'il m'avait dit quand j'étais petite, toutes ses phrases du genre « quoi que tu fasses, tu seras toujours ma fille, je t'aimerai toujours », c'était du baratin. De toute façon, plus ils attaquent ma religion, et plus je m'y attache.

Il a fait un petit montage en alternant les photos de mon vingtième anniversaire et celles d'aujourd'hui.

C'est vrai que j'ai changé en un an. J'ai lu un hadith qui dit qu'une femme qui s'épile les sourcils est maudite, alors je les laisse repousser. Et ce n'est pas bien de se maquiller non plus.

J'ai aussi changé mes vêtements, Karim m'en a acheté dans une boutique musulmane.

Il sait que je ne comprends pas trop la pudeur encore, mais il dit que ça vient en pratiquant, et que toutes les femmes qui commencent à porter le voile se sentent nues quand elles l'enlèvent.

Icha

Une nouvelle année commence, et j'ai peur de ce qu'elle me réserve.

Hier j'ai passé la soirée du réveillon toute seule, mon mari est parti se coucher tôt comme d'habitude et, comme d'habitude, moi je n'arrivais pas à m'endormir. J'ai regardé des conneries à la télé, j'ai vu tout le monde s'embrasser, j'ai pensé à ce que devaient faire mes copines ce soir, et j'ai pleuré.

Maghreb

Mon mari a perdu son travail. Ils cherchaient une raison de le renvoyer depuis qu'ils savaient qu'il est musulman.

Icha

La grossesse me fatigue et les allers-retours en cours sont pénibles. Je vais arrêter les études.

On a appelé le cheikh, parce qu'il faut toujours parler avec lui avant de prendre une décision importante, et il a dit que lui n'avait rien contre du moment où je ne le reprocherais pas plus tard à mon mari. Ça m'a un peu blessée, je me suis sentie presque prise en faute, comme si le fait qu'il dise ça impliquait forcément que ça arrive un jour ou l'autre.

J'ai aussi adhéré à la tariqa[1] car je suis curieuse de faire les mêmes *zikhr*[2] que mon mari, il paraît que c'est comme ça que les lumières arrivent dans le cœur. Je suis une disciple de Cheikh moi aussi maintenant. C'est un vieil imam sénégalais qui vient souvent en France et qui est très respecté. Le maire de Mantes-la-Jolie est venu lui demander des prières avant les élections, alors Cheikh lui a demandé de construire une mosquée s'il gagnait, en échange de ses prières. Il a gagné l'élection et construit la mosquée. D'après Karim, il y a des « pôles », des gens choisis par Allah pour guider les gens.

Cheikh a dit aussi qu'on devrait se marier à la mairie pour montrer à nos parents que notre relation est sérieuse.

---

1. Voie spirituelle du soufisme. Il y en a plusieurs, chacune ayant pour modèle un saint de l'islam.

2. En arabe, le mot signifie « rappel », il désigne une action religieuse consistant à réciter un certain nombre de prières sur le prophète, seul ou en groupe.

Asr

C'est un garçon… j'adore le sentir bouger en moi, je l'aime déjà, absolument.

Je suis enceinte de cinq mois, ce qui veut dire que mon bébé a déjà une âme.

Du coup, pour ne pas la souiller, j'ai arrêté de regarder la télé et je suis aussi en train d'arrêter de fumer.

Mes journées se suivent et se ressemblent. Mon mari trouve presque toujours des petits jobs en intérim, il rentre manger le midi, moi je me lève pour manger le matin et je me recouche presque jusqu'à l'heure où il rentre. Et puis je reste tout l'après-midi à lire des livres sur l'islam, parfois j'ouvre un roman, mais j'ai l'impression de perdre mon temps. Il vaut mieux que j'apprenne ma religion.

On n'a pas dit à nos familles qu'il a perdu son emploi, ni que j'ai arrêté les études.

J'ai l'impression de vivre continuellement sous tension, entre les choses qu'on ne veut pas dire et celles qu'on n'ose pas expliquer parce que tout le monde nous pose des questions, mais que personne ne veut vraiment comprendre. Moi non plus je ne comprends pas toujours. Mais je crois.

Le mariage est prévu pour le 19 juin.

Maghreb

Mon grand-père est tombé malade, il s'est soudain senti fatigué et je vois dans ses yeux et ceux de ma mère que c'est grave.

Il m'a dit qu'il ne pourrait peut-être pas venir au mariage.

Maghreb

Je me suis mariée, et c'était triste.

Je n'avais pas de robe, j'ai mis une djellaba blanche et j'ai fait un voile blanc auquel j'ai ajouté un galon le matin même, à la main. Ça pendait de partout, c'était horrible.

Mon grand-père n'était pas là.

Icha

Le 14 juillet on a passé une soirée agréable. On a mangé des glaces en regardant de notre fenêtre les quatre feux d'artifice des villes voisines qui embrasaient la nuit presque simultanément, comme si les artificiers se livraient un duel à ciel ouvert.

C'était bien.

Mais en même temps, je repense à cette même soirée il y a un an où j'étais une jeune fille libre, où je sentais l'air frais du soir sur ma peau et où la religion ne me semblait devoir apporter que bien-être, bonheur.

Ça fait un an que je suis convertie. Je ne m'imaginais pas que les choses évolueraient comme ça, mais Allah éprouve ceux qu'il aime.

Il faut patienter.

Plusieurs fois, dans la rue, des gens m'ont insultée ou m'ont dit de rentrer dans mon pays. Ça me laisse sans voix, et après je regrette de ne pas avoir répondu. Je ne comprends pas pourquoi ils détestent tellement les musulmans, parce que c'est une belle religion. Depuis que je suis convertie, je me retiens toujours de dire du mal des autres, j'essaie d'être honnête et droite. Je ne vois pas ce qu'il y a de mal là-dedans.

Sobh

J'ai fait un rêve. J'étais dans un endroit tout blanc, sans mur ni toit ni ciel, et je tenais mon fils dans les bras. Un homme tout en blanc était debout devant moi, il avait une barbe blanche et je ne voyais rien d'autre, je ne sais même pas de quelle couleur était sa peau, mais je suis sûre que c'était Cheikh.

Il regardait mon fils et il parlait mais on n'entendait pas ses paroles, on n'entendait qu'une voix qui répétait et répétait encore : « Mohamed al Amine Mohamed al Amine Amine Amine… »

Je l'ai raconté à mon mari, j'ai pensé que c'était peut-être un signe concernant le nom que nous devions donner à notre fils.

On a appelé Cheikh. Il a dit que parfois Chaitane entre dans les rêves mais il pensait que cette fois ce n'était pas le cas, qu'il fallait garder ce nom pour l'enfant et ne raconter l'histoire du rêve à personne.

J'ai aussi demandé, toujours par l'intermédiaire de mon mari, si je pouvais lui donner un deuxième prénom français, mais il a dit non.

« L'islam, c'est une grande chose. »

Dohr

C'était notre premier anniversaire de mariage. Aucun de nous deux n'y a pensé.

Asr

16 août.

J'ai 22 ans.

Chaque jour je prie pour que mon enfant naisse, pour que mon grand-père le connaisse.

J'ai été le voir à l'hôpital, et je l'ai à peine reconnu. Allongé sur un lit, des tuyaux partout, si maigre… Il a du mal à parler, par moments il ne nous reconnaît même plus.

Rien n'est dit, mais il sait que sa fin est proche. Et chaque jour il demande : « Et mon petit garçon, il est arrivé mon petit garçon ? »

Je t'en prie, mon Seigneur, fais que mon fils naisse avant qu'il ne s'en aille. Je t'en prie, je t'en prie…

Je sais qu'on n'a pas le droit de prier pour les non-musulmans, mais je t'en supplie, exauce ma prière, accorde-lui cette dernière joie.

Ne serait-ce qu'en photo.

6 septembre.

C'est le téléphone qui m'a réveillée. Dès que j'ai entendu la voix de ma sœur, j'ai compris.

Mon grand-père est mort.

J'en veux à Allah, puis je me reprends vite.

Allah éprouve ceux qu'il aime.

Je me dis que s'il l'a fait, c'est sûrement que c'était mieux ainsi, même si je ne comprends pas. Et que peut-être, en échange, Il a guidé mon grand-père juste avant sa mort. Je repense à cette histoire où l'oncle du Prophète (SAW [1]) meurt, après avoir aidé son neveu pendant des années mais sans s'être converti, et où le Prophète (SAW) dit « à présent, ses pieds sont dans un lac brûlant qui fait bouillir son cerveau », ou quelque chose comme ça…

J'espère que mon grand-père est bien là où il est.

---

1. *Salallahou alahi wa salam*, « le salut et la paix soient sur lui ». Il faut prononcer cette expression à chaque fois que l'on parle du prophète.

7 septembre.

Mon fils est né. C'était douloureux, il va bien.

Quand mon père est venu à la maternité, il a juste regardé la petite pancarte au bout du lit et il a dit : « T'as pas appelé ton fils Mohamed, quand même ! » Et il est parti.

Ma mère est venue aussi, avec un sourire forcé, puis, comme prise d'une faiblesse, elle s'est assise sur le lit et son regard s'est vidé. J'ai vu qu'elle allait pleurer, mais elle a préféré sortir.

Quand tout le monde est parti, j'ai pu pleurer tranquille.

Mais cette nuit-là j'ai dormi avec mon enfant contre moi, et enfin j'ai saisi cette paix qui ne fait que m'effleurer, je la tiens contre moi, elle est chaude et vivante.

Je suis rentrée à la maison trois jours après la naissance.

Je n'ai plus de nouvelles de mon père.

Dohr

Karim a trouvé un CDI dans un hôpital.

Il se lève très tôt, c'est moi qui m'occupe exclusivement du bébé. Je lui ai demandé de se lever une nuit quand il pleurait, comme le bébé ne se calmait pas, il l'a attrapé par les épaules et lui a crié : « Ta gueule ! » Je me suis levée d'un bond et j'ai attrapé mon fils.

Je lui en veux beaucoup mais je sais qu'il culpabilise, donc je n'en reparle pas.

Maghreb

J'ai fait la connaissance d'une sœur, la femme d'un ami de mon mari. Elle vit dans un foyer juste en face de la prison de la Santé. Elle a un fils de six mois de plus que le mien, qu'elle laisse pleurer des heures dans son lit. C'est une petite femme un peu ronde, gentille. Mais je ne me sens pas à l'aise avec elle, j'ai l'impression qu'il y a quelque chose de caché dans son regard. Elle s'appelle Fatiha. Je sens qu'elle est vraiment contente de m'avoir rencontrée. Elle est très seule, sa famille l'a mise dehors quand ils ont appris qu'elle s'était mariée avec un Black.

Elle a l'air d'adorer son mari, elle parle de lui tout le temps.

Icha

C'est presque l'hiver déjà. Je suis chez moi toute la journée, je n'ai même plus envie de sortir. L'autre jour, j'ai été à la librairie en bas pour acheter *De particulier à particulier* et le libraire m'a dit d'aller plutôt chercher un appartement au Liban. Finalement, on en a trouvé un à Vitry-sur-Seine.

Le 26 décembre, il y a eu une tempête, avec des rafales à plus de 160 km par heure.

Ici il n'y a eu que quelques tuiles arrachées, mais il paraît que la maison médicale a beaucoup souffert, le toit a été en partie arraché et il pleut maintenant jusque dans la chambre de ma sœur.

Le dérèglement climatique, c'est un des signes de la fin du monde.

Icha
Vitry-sur-Seine

Je pleure assise dans la salle de bains.

Je passe mes journées devant la télé, à ne rien faire, je n'écoute plus de musique donc je ne danse plus, je lis de moins en moins.

Le soir, mon mari scotche les rideaux du salon sur les côtés pour que personne ne puisse me voir. Je ne lui dis pas, mais parfois je ne mets pas le voile quand j'ouvre les volets des chambres le matin, j'ai envie de sentir l'air dans mes cheveux. Mon fils s'assied presque maintenant. Le voir grandir, c'est mon seul plaisir, j'ai déjà envie d'en avoir un autre.

On ne va presque plus voir la famille, et ça m'arrange. À chaque fois que ma mère nous invite, ma première pensée est pour mon mari. Il va encore rester assis, sans parler, sans sourire, et on sentira qu'il n'a qu'une hâte : partir.

Et puis, on ne peut pas manger les repas qu'ils préparent. Tous les produits animaux sont interdits, même dans des quantités microscopiques, si les animaux desquels ils sont tirés ne sont pas halal, c'est-à-dire égorgés selon le rite islamique. Il faut donc éviter tous les E471, 472, 440, les mono- et diglycérides d'acides gras, la présure du fromage…

Sans parler des amis de ma mère qui veulent me faire la bise alors que je ne serre même plus la main aux hommes.

Icha

Depuis qu'il a commencé à travailler, Karim a changé. Il est lunatique, et il ne veut plus sortir. On reste tout le temps à la maison, il me reproche de ne pas préparer le repas à 19 heures. Moi je préfère manger plus tard, quand mon fils dort, pour être tranquille. Alors c'est lui qui fait à manger, il mange seul et va se coucher vers 22 heures tous les soirs. Il se lève très tôt le matin. Et je reste toute seule, devant la télé, toujours à la même place. Je m'ennuie.

Quand on se dispute, j'espère qu'on va divorcer mais je ne peux pas le dire.

Je voudrais qu'il me fasse un autre enfant avant, je me dis qu'alors, je n'aurai plus besoin de mec, et je ne me remarierai jamais.

Il paraît que la femme musulmane est obligée de satisfaire les désirs de son époux, mais moi je ne peux pas. Je n'ai jamais envie de lui.

Parfois, quand l'heure à laquelle il doit rentrer approche, j'ai envie qu'il lui arrive quelque chose, qu'il ne revienne jamais, et que ce ne soit pas de ma faute.

Devant mes parents, je joue la comédie, je dis que je l'aime et que je veux finir ma vie avec lui. Parfois je le dis, même, à lui.

Je lui ai parlé de mon premier viol, mais à chaque fois que j'évoque mon passé avec les hommes, ses sourcils se froncent, il fait la tête et me pose des questions auxquelles je n'ai pas envie de répondre. Alors je minimise, je recoupe, je ne parle pas de celle que j'étais pendant quelques mois, à la maison médicale. Je ne dis plus rien.

Je suis une bonne musulmane, je fais bien ma prière et j'essaie de respecter toutes les règles qu'on m'apprend jour après jour.

Il paraît que le divorce est la chose permise la plus détestée d'Allah et que son trône tremble quand des musulmans se séparent.

Il faut patienter.

Dohr

Fatiha est venue passer trois jours chez moi pendant que mon mari restait avec le sien. J'ai eu du mal à la supporter, je sens toujours cette distance entre elle et moi.

Elle a quitté le foyer et vit à présent dans une chambre d'hôtel avec son mari.

On a beaucoup parlé de religion, bien sûr, elle m'a expliqué que le Coran n'était descendu que pour les hommes et que le mari pouvait, s'il le jugeait bon, permettre à sa femme de le lire et le lui expliquer.

Elle soutient que la femme n'est pas égale en valeur et en intelligence à l'homme, c'est son mari qui lui a raconté tout ça, et il lui a démontré tout simplement en lui disant : « Si t'es mon égale, alors viens, on va se battre et on va voir ! »

J'ai bien essayé de lui dire que le mot employé dans le Coran était « hommes », comme en français on dirait « les Hommes » pour parler de l'humanité toute entière, que si la femme avait été inférieure à l'homme elle n'aurait pas eu les mêmes devoirs religieux que lui, qu'elle n'aurait pas eu l'obligation de la prière, etc.

Mais elle n'était pas du tout convaincue.

Quand mon mari est rentré, je lui ai raconté et il a dit : « Oui je sais qu'Omar pense comme ça, la plupart sont un peu dans cette optique, en fait. »

Karim a vu que j'étais vraiment perturbée et il a appelé Cheikh pour avoir son avis.

Il a répondu que si l'homme avait une prépondérance sur la femme, ce n'était pas une question de valeur, que la femme était aussi noble que l'homme et qu'Allah aimait toutes ses créatures de la même façon, mais que l'homme était le chef de famille.

Dohr

On pense de plus en plus à faire un voyage au Sénégal, dans la mosquée de Cheikh, il paraît que c'est un grand bienfait, et que celui qui laisse le confort de la France pour partir vivre dans une *zawiya*[1] reçoit beaucoup de *hassanates*[2].

Comme mon mari est fonctionnaire, il peut demander une année de disponibilité tout en gardant son travail et, avec nos économies, en revendant la voiture et les meubles, on devrait pouvoir tenir quelques mois là-bas.

1. « École coranique ». Le terme englobe la mosquée et des bâtiments annexes.

2. Récompenses.

Icha

Je me couvre le visage et les mains depuis quelques jours. Je le fais surtout parce que mon mari voudrait que je le fasse au Sénégal, si on part. Toutes les femmes françaises qui vivent là-bas portent la burka.

Et puis, ça me donne l'impression d'être pieuse… Quand les musulmanes que je rencontre apprennent que je suis convertie, elles sont toujours impressionnées, elles disent que les gens comme moi sont encore meilleurs que les musulmans d'origine.

Maghreb

J'ai rencontré une nouvelle sœur. Elle habite à Trappes, pas loin de chez ma belle-mère. Elle s'appelle Samia.

C'est la première fois depuis ma conversion que je rencontre quelqu'un avec qui je me sens vraiment bien ; on a beaucoup parlé de religion, bien sûr, mais on a ri aussi et ça ne m'était pas arrivé depuis longtemps.

Elle a un F2, les hommes restent dans le salon et nous dans la chambre.

J'ai aussi rencontré une de ses amies, une autre Française convertie qui vient de la même petite ville que Karim, Bilal et moi. Elle est venue avec son mari l'autre jour. Elle ne porte pas le voile et s'habille plutôt serré, mais elle est fraîche et gentille. Je me sens moins de points communs avec elle qu'avec Samia mais ça fait du bien d'avoir une vie sociale…

Dohr

Mon fils a un an. C'est un beau bébé, tout rond, avec ses bouclettes blondes qui lui font comme une auréole sur la tête et ses beaux yeux bleus. Un vrai petit ange.

Icha

Aujourd'hui, c'était l'anniversaire de mon mari ; ma belle-mère est venue pour l'occasion, et nous sommes allées faire des courses pour le repas. On s'entend bien maintenant. J'avais très mal au ventre dans la voiture, elle m'a regardée et m'a dit : « Toi, tu es enceinte ! » Elle est partie m'acheter un test de grossesse. Je l'ai fait en rentrant, je ne pouvais pas attendre le matin.

Le trait est apparu tout de suite, comme un sourire.

Quand mon mari est rentré du travail, je lui ai annoncé la nouvelle, je me suis dit que ça lui ferait un beau cadeau d'anniversaire. Il n'a rien dit.

Maghreb
Trappes

Je déteste Noël.

Sobh

Mon mari a appelé Cheikh aujourd'hui, c'est décidé : on part !

Une nouvelle année commence.

J'ai l'impression que quelque chose de grand m'attend.

En ce moment, avec mon mari, on parle beaucoup de la fin du monde. Les gens vont se dresser les uns contre les autres, il y aura une grande guerre et, d'après Saifeddine, le beau-frère de Bilal qui vivait dans le désert et qui est maintenant au Sénégal avec ses trois femmes, nous ferons partie de l'armée du Mehdi, quand il reviendra pour gagner la guerre avec les musulmans.

D'ailleurs il n'y aura presque que des convertis, parce qu'ils prennent la religion tout entière, pas comme les Arabes qui, à force de vivre dans l'islam, se disent musulmans alors qu'ils ne font même pas la prière. Saifeddine a des conversations privées avec Cheikh et beaucoup de rêves.

Icha

5 mars 2001.

Je suis au Sénégal.

Nassim est venu nous chercher à l'aéroport avec un Sénégalais, sans doute quelqu'un de la *zawiya*. J'ai l'impression d'avoir fait un bond de trente ans en arrière. Les voitures ici sont toutes vieilles et rouillées, on se demande même comment elles peuvent encore rouler. La route devait être dans le même état que les amortisseurs, parce que ça secouait dans tous les sens, et moi je tenais mon ventre aussi fort que je pouvais.

À peine sortie de Dakar, la route est plongée dans l'obscurité, on n'en distingue pas le dessin à 10 mètres. Beaucoup de camions roulent la nuit sur cette étroite route obscure, et il n'est pas rare de retrouver une voiture, parfois même un poids lourd, renversés dans le fossé, abandonnés entre le bitume et les baobabs comme une carcasse d'animal.

Quand nous sommes arrivés, Nassim nous a dit que nous allions provisoirement nous installer chez Saifeddine, car il n'y a pas de logements libres en ce moment, ni à la *zawiya* ni en ville.

Saifeddine est un Français qui a grandi en Province et s'est brusquement retrouvé parachuté dans une cité de la banlieue parisienne à 12 ans, après la mort de ses parents.

Accueilli chez sa tante, il a très vite préféré le couscous familial de la mère de Nassim au cassoulet en boîte du supermarché, la chaleur des halls à la froideur des classes. Il paraît qu'il est grand et très gros. Il a trois épouses.

Nassim est arabe, marocain je crois ; c'est le meilleur ami de Saifeddine, ils étaient ensemble dans tous leurs voyages *fi sabillah* [1].

Il a montré la mosquée à mon mari, par là-bas, mais moi, avec mon voile devant les yeux, je ne

1. Lutte pour défendre la foi.

vois rien. Tout ce que je sais, c'est que devant la maison de Saifeddine il y a un grand portail en fer et un escalier de pierre blanche. J'ai trébuché en entrant dans le jardin. Nassim a tendu la main par réflexe puis l'a retirée pour ne pas me toucher. Je me suis retenue au portail.

Quand nous sommes entrés dans la maison, trois ou quatre hommes nous attendaient. On m'a montré un endroit pour poser mes chaussures, il y en avait trois autres paires toutes noires, dont une paire de vieux sabots en plastique tout déchirés, puis on m'a conduite dans une chambre, à trois mètres à peine à droite de la porte d'entrée.

C'est la chambre de la première femme de Saifeddine. Elle dormira dans le salon tant que nous serons là.

Ils ont fait brûler de l'encens ; dehors j'entends des bruits étranges. Les odeurs, les ombres, tout est différent.

Les murs sont en béton, le sol est en pierre.

Je passe ma main dessus, c'est rêche et poussiéreux, et frais aussi.

Pour tout meuble, il y a un matelas deux places posé dans le coin gauche, presque sous la fenêtre, avec une moustiquaire reprisée accrochée au plafond, un petit banc, un miroir et encore de l'encens à brûler dans une coupelle.

La pièce doit faire environ 12 m^2, avec une grande fenêtre et une lourde porte en bois qui lui fait face.

Je déshabille mon fils. Il pleure, il est tout en sueur. Je remarque la chaleur, tout à coup. Moi aussi je suis trempée. Je lui fais boire un peu d'eau et il s'endort aussitôt, épuisé. Je le place sous la moustiquaire.

J'entends les hommes parler dans le couloir. Soudain, quelqu'un se met à crier et à frapper les murs. C'est Nassim. Il parle d'une femme, puis des femmes, mais je n'arrive pas à comprendre les phrases, à moitié en français, à moitié en arabe.

Les hommes sortent, on entend Nassim crier encore dehors, puis plus rien.

Mon mari n'est toujours pas revenu, quand on frappe à la porte.

Ce sont les deux premières femmes de Saifeddine. La première est une Française très blanche, grande et maigre, avec un long nez et de petits yeux noirs. C'est la sœur de Bilal, elle s'appelle Fatima. Elle a une toute petite voix très douce. Elle sortait avec Saifeddine avant qu'il se convertisse et quand il a choisi l'islam, elle l'a suivi.

L'autre, Amina, moitié française, moitié marocaine, plus petite, est enceinte de quatre mois. Elle a un assez joli visage mais dur, sans maquillage, et elle parle avec beaucoup de fermeté dans la voix.

J'ai souvent entendu parler d'elle. Elle a perdu ses trois premiers enfants quand ils vivaient dans le désert. Le premier d'une fausse couche à quatre mois de grossesse, les deux autres, nés prématurés, ont vécu respectivement deux heures et une journée.

J'ai souvent pensé à ce qu'elle devait ressentir en ce moment, à la souffrance qu'elle a endurée trois fois déjà et qu'elle défie encore.

Je prie souvent pour elle depuis que je sais qu'elle est enceinte.

Je leur ai dit que j'avais très chaud et que j'aimerais prendre une douche. Amina a répondu : « Ah bon ? Il fait froid ce soir ! »

Qu'est-ce que ça doit être…

Elles ont proposé de me faire chauffer de l'eau mais j'ai envie d'une douche froide. Mon fils dort, les hommes ont quitté l'appartement, elles me conduisent à la salle de bains.

Devant ma chambre passe un large couloir dont le sol est revêtu de la même pierre. À gauche, le couloir s'élargit devant la porte d'entrée en un espace carré qui dessert, à droite, la salle de bains et, de l'autre côté, en retrait, les toilettes. La pièce est inhabituellement grande, au moins 5 ou 6 m^2, avec en plein milieu, juste en face de la porte, des toilettes à l'occidentale, dont la chasse d'eau ne marche plus. Il y a un seau à côté avec un petit pichet, pour se laver et tirer la chasse.

De l'autre côté de l'entrée, la salle de bains, très grande elle aussi. La douche est délimitée par un petit muret de 20 centimètres de haut qui court d'un mur à l'autre en travers de la pièce, et qui sert de banc pour laver le linge. Il y a un tuyau qui sort du mur, mais plus de pomme. Il y a aussi, comme dans les toilettes, un grand seau rempli d'eau et un pichet. Fatima m'explique que c'est pour les ablutions, afin d'économiser l'eau courante qui coûte très cher ici. Un lavabo, dont le robinet ne marche plus, est surplombé par un vieux miroir fêlé.

Tout cela a un petit air de misère, mais je trouve ça charmant.

L'eau de la douche coule tiède, c'est un délice, j'y resterais bien des heures mais je me souviens des recommandations de Fatima et de mon fils resté seul dans la chambre, et je me dépêche. Je peux enfin mettre des habits plus légers que ma combinaison noire qui me couvre de la tête aux pieds, comme les Iraniennes, et qui m'a gênée pendant tout le voyage. À chaque fois que je m'asseyais, elle se tendait dans le dos et me tirait la tête en arrière, et, quand je me levais, c'étaient les manches, directement cousues au voile, qui se tendaient et m'empêchaient de bouger.

Je retourne dans ma chambre pour m'allonger un peu, mais Fatima frappe à nouveau à la porte et me demande de les rejoindre pour manger sur la terrasse.

À droite en sortant de ma chambre, on a tendu un grand rideau qui, lorsque le vent joue avec, laisse deviner le reste de l'appartement.

Si on s'y faufile, on arrive sur une grande terrasse dont une partie est couverte, et une autre s'avance dehors en balcon. La partie ouverte a été close presque entièrement avec des canisses et forme comme une petite alcôve à ciel ouvert.

Tout de suite à droite, à côté du rideau, se trouve la cuisine, qui doit bien faire au moins 15 m^2, avec un plan de travail carrelé, un évier, un grand frigo et même une cuisinière.

En face, de l'autre côté de la terrasse, une chambre fermée, celle d'Amina, et, à gauche de celle-ci, un grand salon double, dont la deuxième partie est séparée par un rideau pour former une nouvelle chambre, celle de la troisième femme, avec là encore un petit balcon entièrement cloisonné.

Fatima a trois enfants : Mohamed, 6 ans, Aicha, 5 ans, Saadallah, 2 ans, avec lesquels elle dort dans le salon, uniquement meublé de deux matelas.

Nous nous installons sur la terrasse, dans la petite partie fermée.

Une nappe posée à même le sol accueille un grand plat en fer rempli de frites avec de la viande hachée, des verres, du Coca et du Fanta.

Je rencontre la troisième coépouse, Alhan, une Marocaine fraîchement débarquée elle aussi. Après avoir bu et mangé un peu, je commence à me sentir plus à l'aise et même à plaisanter un peu, mais je sens qu'elles restent sur leurs gardes.

Je remarque un gros bleu sur le bras d'Amina, je lui demande comment elle s'est fait ça. « Je me suis prise une porte. On a toujours des bleus partout ici, on n'arrête pas de se manger les portes ! »

Amina et Alhan me demandent pourquoi je suis là. La question m'étonne un peu, mais je réponds.

Je leur dis qu'on est venu sur l'invitation de Cheikh, pour étudier la religion et aussi tout simplement pour voyager, vivre de nouvelles expériences.

À ces mots, elles s'emportent toutes les deux, elles crient presque, que je ne suis pas là pour vivre, mais pour mourir. Pour devenir quelqu'un d'autre. Euh, non… Pour trouver la vraie moi. Pour Être, enfin.

Fatima se tait et écoute d'un air désapprobateur, Amina rabroue Alhan en lui disant qu'elle n'est là que depuis deux semaines. Et l'autre acquiesce en baissant la tête.

J'ai hâte de retourner dans ma chambre.

Icha

Mon mari est là quand je pousse enfin la porte.

Je lui raconte ce qui s'est passé, et il s'énerve, commence à parler mal des femmes de Saifeddine, et je me sens encore plus gênée devant sa réaction. Je ne veux pas faire d'histoires dès le premier jour. Mais il se lève et appelle Saifeddine, qui était resté dans la chambre d'Amina, juste à côté du balcon, pendant tout ce temps. Ils se parlent dans le couloir. Mon mari revient en disant que Saifeddine est déjà au courant et a repris ses femmes sur leurs réactions, elles sont simplement trop pleines de bonne volonté et ont oublié qu'une nouvelle venue ne peut pas être initiée aussi rapidement à la vie d'ici.

Sobh

J'ai été réveillée à l'aube par l'*Azan*[1], chanté depuis la mosquée et répété par des haut-parleurs dans tout le quartier. J'ai peur que mon fils se réveille, mais il dort encore. L'air est respirable à cette heure-ci. Mon mari est déjà parti à la mosquée. J'enfile un voile et je regarde par la fenêtre.

On ne voit pas grand-chose, il faudrait se pencher pour voir la rue s'enfuir des deux côtés, mais je n'ai pas le visage couvert, donc je n'ose pas, je ne vois que de vieilles bâtisses grises en face, et le ciel bleu, coupé ici et là par un arbre maigre aux feuilles éparses.

On frappe. Je n'avais pas remarqué qu'il y a une deuxième porte, sur le mur de droite, qui

1. Appel à la prière.

communique avec le salon. Les serrures ont été bouchées avec du coton.

J'entends la voix de Fatima me dire que je peux aller faire mes ablutions à la salle de bains.

Tout est différent à la lumière du jour. Ça sent l'Afrique et le soleil, je me sens mieux et je suis impatiente de découvrir la mosquée. Mais, pour l'instant, je vais prier dans ma chambre car je ne veux pas réveiller mon fils éprouvé par le voyage.

Je me recouche après la prière mais je n'arrive pas à dormir, il fait trop chaud, mon esprit est en ébullition, j'essaie d'oublier tous les sentiments négatifs qui m'ont envahie depuis la seconde où mon pied a trébuché devant ce portail, comme si mon corps ne voulait pas entrer.

Vers 8 heures, mon mari rentre de la mosquée, mon fils se réveille et Saifeddine frappe pour annoncer que le petit déjeuner est servi. Mon cœur se serre, mais je prends mon fils et je rejoins les femmes au salon. Sur une nappe posée par terre, il y a du café, du thé, des croissants. Je me dis qu'ils font beaucoup d'efforts pour bien nous accueillir, car j'ai toujours entendu dire qu'ils vivaient dans la misère la plus complète.

Alhan s'excuse en premier, Amina me regarde en souriant d'un air compatissant, comme un chien à qui on donne un sucre.

Je n'ai pas faim, et mon fils ne fait que pleurer et s'agiter alors que les enfants de Fatima mangent calmement, assis sur les genoux, sans bouger.

Au bout de dix minutes je me sens mal à l'aise, tous les regards sont rivés sur mon fils, mais moi je trouve ça normal qu'il pleure en se réveillant dans un pays étranger, avec des inconnus et la tension qui plane dans l'air.

Je m'excuse en disant que j'ai mes *zikhr* à faire et je m'enfuis dans ma chambre.

Dohr

Mon mari est reparti depuis longtemps visiter la ville avec Saifeddine, et Fatima frappe à ma porte pour me demander de venir avec elle.

Elle me raconte comment elles vivent, je la suis quand elle s'occupe de son linge et accomplit toutes les tâches de la maison avec sérieux, presque avec dévotion. J'admire son calme, son aisance, cet air de maîtresse impassible et convaincue. On dirait qu'elle veut me prendre sous son aile.

Nous sommes allés pour la première fois assister au discours de Cheikh. La *zawiya* de Cheikh est un grand bâtiment blanc, dont le dernier étage n'est pas encore fini et qui donne sur la rue principale de la ville. Chaque matin, il fait un discours pour les hommes et un pour les femmes, dont la salle de prière est séparée. Pour y accéder, il faut passer devant le puits, traverser aveuglément une pièce sans fenêtre et ressortir dans une petite cour avec, à droite, trois grands tapis qui délimitent l'espace de prière et, en face, un dédale d'escaliers que des gamins et des jeunes filles maigrichonnes dévalent toute la journée. Cheikh nous a souhaité la bienvenue et il a évoqué le fait que nos visages étaient couverts et que ce n'était pas une obligation pour les femmes. Le traducteur parlait bas et avec un fort accent. J'avais du mal à saisir les paroles, et à respirer. Le soleil, qui avait discrètement rampé jusqu'à nous, était déjà brûlant, alors qu'il était à peine 8 heures.

En tout cas pour une femme enceinte en burka noire.

Les regards posés sur moi m'empêchent d'écouter, eux aussi. Tous ces visages que je n'ose pas regarder, ces boubous multicolores, ces enfants en haillons qui ouvrent de grands yeux en se plantant devant moi, je leur souris, même s'ils ne me voient pas. Tout me semble irréel, dans un mélange d'excitation et d'angoisse.

Après le discours, je suis rentrée à la maison avec les épouses de Saifeddine pendant que mon mari restait à la *zawiya* pour faire la connaissance de la famille de Cheikh.

À peine le temps de me changer et les femmes m'appellent au salon. Je les trouve en train de se récrier sur la façon dont Cheikh nous a incendiées devant tout le monde. Je ne comprends pas pourquoi elles disent ça, et elles m'expliquent qu'il a été très fâché que mon mari et moi ne soyons pas venus dès le premier jour pour le saluer, que nous ayons attendu ce matin, et que son discours concernant la burka était pour nous signifier (en fait ME signifier) qu'il ne fallait pas que nous nous croyions meilleures que les autres sous prétexte que nous nous couvrons le visage.

Je n'ai pas du tout entendu ça, moi, et je suis étonnée d'avoir pu passer complètement à côté de ce qu'il voulait dire. Amina m'explique que les paroles de Cheikh sont imprégnées de lumière et qu'un cœur dans l'ombre ne peut pas les comprendre.

Mon mari est parti pour son premier *daka*[1] avec Cheikh dix jours après notre arrivée. Ils sont allés dans un village de la brousse sénégalaise où Cheikh se rend une ou deux fois par an avec des gens de sa *zawiya* pour rendre visite aux familles, écouter leurs requêtes et leurs questions, et surtout répandre la parole d'Allah. Souvent il essaie d'aider, avec de l'argent, ou en trouvant du travail aux hommes, ou encore en accueillant dans sa *zawiya* les enfants dont les parents sont trop pauvres pour assurer leur éducation.

J'étais contente que Karim parte, car cela prouvait sa détermination dans la religion.

Et justement, ces derniers temps, j'entendais des rumeurs, je voyais des sourires sur les visages quand je parlais de lui.

Fatima me demandait tout le temps : « Alors, ton mari, il a fait la prière de l'aube à la mosquée ce matin ? Et il a commencé ses études ? »

Et à chaque fois que je disais non, elle faisait la même petite moue.

---

1. Voyages du cheikh pour prêcher l'islam dans les villages. L'accompagner, souvent dans des conditions de voyage difficiles, est considéré comme un acte méritoire.

J'ai encore plus envie de divorcer depuis que nous sommes ici, comme si leurs insinuations me confortaient, me cautionnaient.

Fatima et Amina font aussi beaucoup de remarques sur le comportement de mon fils, et je me sens remise en question dans mon rôle de mère.

Fatima, elle, est très autoritaire avec ses enfants, et les mène à la baguette. Quand elle est là, ce sont de vrais petits anges. Enfin, disons des robots.

Mais j'ai déjà vu Aicha mentir plusieurs fois, et se montrer méchante envers les plus petits dès que sa mère a le dos tourné. Elle a je ne sais quoi de troublant et de faux dans son regard. Et je n'aime pas comment elle traite mon fils.

Icha

Je suis ici depuis presque deux semaines. Ce matin, Fatima m'a prise à partie, elle me parlait presque avec de la haine dans la voix en me disant de respecter cette maison, la maison de cheikh Tidjani lui-même, un bain de lumière pour les musulmans. Il paraît qu'il y avait un gant par terre dans la salle de bains.

C'est vrai, il était par terre quand je suis allée à la salle de bains, je l'ai remarqué, mais je ne l'ai pas ramassé parce qu'il n'était pas à moi.

Je me justifie comme une enfant.

Elle m'a traitée de menteuse.

Icha

Je m'endors avec mon fils dans les bras, il ne veut plus dormir tout seul, et j'écoute de la musique, pour la première fois depuis longtemps. Il ne me reste que les cassettes que j'aimais le moins et que je n'avais pas jetées parce qu'elles étaient restées sous des piles de cartons chez mes grands-parents. Je les ai retrouvées quand on a fait le tri de ce qu'on pouvait vendre pour partir, et je suis contente de les avoir emmenées. Ça me rappelle une autre vie, je pourrais rester des heures dans le noir, avec mon fils dans les bras, à écouter les mêmes accords broder les mêmes rêveries sur le canevas de mon esprit.

Ici, je suis un peu perdue, mon cœur est tout le temps serré sans que je sache vraiment pourquoi. Je me sens épiée dans le moindre de mes mouvements. Je m'enfuis aux heures de prière et j'essaie de m'attarder, mais je ne connais personne, et il me faut bien rentrer quand mon fils commence à pleurer de faim ou de soif.

Asr

Un matin, vers 11 heures, Amina est venue dans ma chambre.

Elle m'a dit qu'ils m'ont entendue écouter de la musique. Saifeddine a cru reconnaître Bob Marley, et voudrait ma cassette pour la repliquer. J'ai entendu qu'il écoute beaucoup de musique, il en met toute la journée sur la terrasse, du rap, de la variété française, du reggae…

Le soir venu, j'ai demandé ma cassette et toutes les femmes ont souri d'un air complice.

Saifeddine a pris ma cassette parce qu'il pense que c'est mauvais pour moi, surtout en ce moment. Il dit que je m'éloigne d'eux, et celui qui s'isole, c'est Chaitane, son compagnon.

Saifeddine, lui, « c'est pas pareil », il peut écouter de la musique sans que cela ternisse son cœur, mais nous, nous devons nous forcer à ne pas écouter, même quand il en met, parce que nous n'avons pas atteint le même niveau de pureté.

Je me sens humiliée. J'insiste un peu, mais je ne récupère pas ma cassette.

Icha

Hier, Saifeddine m'a fait dire de m'asseoir près de la porte de ma chambre qui communique avec le salon, et il s'est mis de l'autre côté pour me parler.

Je ne comprends rien. Il me parle de ma religion, de ce que j'étais au moment de ma conversion, et de ce que je suis devenue à force de vivre dans ma vie française confortable. Il me dit que je devrais davantage respecter mon époux, et je me demande comment il sait que je me pose souvent des questions sur mon mariage.

Finalement il me propose son aide et la porte se referme.

Dohr

C'est la guerre froide avec Fatima maintenant. On ne se parle plus du tout, on se toise.

La personne avec qui je me sens le mieux, c'est Alhan. Les deux autres sont toujours en train de la reprendre sur tout ce qu'elle fait, parfois violemment. Et Alhan reste souriante, répond aux insultes par de l'humour et de la décontraction, et essaie de faire mieux.

En discutant avec elle, j'ai appris qu'elle était en fait l'ex-femme de Bilal, et qu'ils s'étaient séparés parce que Saifeddine leur a dit qu'il y avait eu une erreur dans le mariage et qu'en réalité elle était mariée avec lui. Amina aussi était mariée quand elle a rencontré Saifeddine et elle a quitté son mari pour lui. Elle était l'amie de Fatima, et petit à petit elle s'est rapprochée de Saifeddine. Il la voyait sans voile, plaisantait avec elle, s'amusait à la jeter dans la baignoire quand elle avait sa robe de prière blanche... Le mari d'Amina était aussi un ami de Saifeddine. Jusqu'à ce qu'elle parte avec lui.

Asr

Mon fils ne mange presque plus rien. Il maigrit à vue d'œil.

Une fois, Fatima m'a dit de le laisser manger avec eux et que je reste dans ma chambre. J'étais tellement ravie d'échapper au repas avec elle que j'ai dit oui tout de suite, et il paraît qu'il a très bien mangé, sans bouger ni pleurer.

Je commence à me dire que le problème vient de moi.

Je me sens coupable de ne pas savoir apaiser le malaise de mon fils aussi bien qu'elle sait le faire.

Je trouve les enfants de Fatima plutôt méchants avec lui, mais mon fils recherche sans cesse leur compagnie, alors je me demande s'il comprend lui aussi des choses que je ne comprends pas, et si je suis la seule personne ici à être incapable d'apprécier ce qu'il y a de bon dans cette maison.

Maghreb

Je suis de plus en plus proche d'Alhan. On s'enferme dans la salle de bains ou on se rejoint dans le couloir le soir, devant ma chambre, et elle me raconte comment elle vit depuis qu'elle est ici.

Elle m'envie d'avoir un homme pour moi toute seule. Je lui ai raconté la fois où on a regardé les feux d'artifice du 14 juillet en mangeant des glaces, et ses yeux brillaient.

Du coup je m'en veux de ne pas aimer plus

mon mari mais, quand je lui raconte cette soirée, moi je me revois assise dans la salle de bains à pleurer parce que j'avais envie de le quitter et que je n'osais pas.

Maghreb

Les gens dans cette maison ne parlent que du diable. C'est presque un *zikhr*, on dirait qu'ils l'appellent. On n'entend que Chaitane par-ci, Chaitane par-là, pour tout et pour rien. Le moindre geste anodin devient le signe de sa présence et de notre faiblesse. Tout ce que nous pensons, tout ce que nous ressentons.

Un jour, j'étais assise dans le salon, je rêvais en tournant une mèche de cheveux entre mes doigts, Fatima m'a regardée et m'a dit de sa petite voix faussement douce : « Oh ! Il faut pas faire ça, je te dis pas qui c'est qui fait ça hein… Il faut pas le faire. »

Même les enfants ne sont pas épargnés, Saifeddine dit qu'ils sont guidés par des chaiatines [1] et que, quand on cède à un enfant, on cède à ses démons et on les rend plus forts.

1. Les démons.

Saifeddine dit ceci, Saifeddine dit cela, Saifeddine veut, Saifeddine ne veut pas…
Saifeddine et Chaitane, toute la journée.

Asr

Je me sens exilée et très seule. Je pleure presque tous les soirs en m'endormant maintenant. Mes dernières cassettes ont disparu de ma chambre un jour pendant que j'étais à la mosquée, mais j'écoute la radio, je découvre le *zouk love*, très à la mode ici.

En écoutant les paroles, je rêve d'histoires d'amour, je repense à des gens du passé et, comme je culpabilise, j'essaie de tourner ces pensées vers mon mari. L'éloignement me le rend sympathique, j'ai envie qu'il soit là juste pour parler à quelqu'un qui ne soit pas de la famille de Saifeddine.

Dohr

Mon mari est rentré.
J'ai enfin pu lui raconter tout ce qui s'est passé. Il a l'air vraiment contrarié et ça me soulage qu'il ne me dise pas que tout est normal.

Il a parlé avec Saifeddine et celui-ci lui a dit que ce sont des histoires de femmes.

Karim en a conclu que les femmes de Saifeddine n'étaient pas aussi bien que lui.

Je ne me sens pas mieux.

Icha

Je suis allée voir Cheikh pour lui demander l'autorisation de divorcer. Il m'a reçue dans son bureau, et c'est le traducteur des discours qui a fait l'interprète. Je lui ai dit que je n'étais pas heureuse, que j'avais envie de divorcer depuis longtemps déjà : je n'étais pas amoureuse de mon mari, je le trouvais trop froid, trop différent de moi.

Il m'a répondu qu'une différence de caractère n'était pas une raison suffisante pour divorcer en islam, et que la froideur n'était pas forcément une mauvaise chose. J'ai acquiescé et je suis partie.

Mon mari était content de la réponse, et tout le monde a su ce que j'avais demandé car je l'ai dit à Alhan. J'ai honte de moi.

Les jours meurent les uns après les autres. Je continue à faire les cinq prières – *sobh*, *dohr*, *asr*, *maghreb*, *icha* – à la mosquée. Toutes les excuses sont bonnes pour quitter cette maison qui m'étouffe.

Quand je sors, toute habillée de noir, avec mes gants et ma burka noire (les femmes de Saifeddine me reprochent de ne pas en mettre deux, comme elles, car il y a beaucoup de vent dehors, qui rabat sur nos corps nos grandes robes), j'ai très chaud, je suis en sueur de la tête aux pieds après quelques minutes seulement.

Après le portail, je tourne à droite et qu'importe la chaleur, je voudrais marcher sans m'arrêter jusqu'à ce que j'aie quitté ce pays et tous les gens qui y vivent. Jusqu'à trouver une terre inexplorée, un désert où mourir.

Mais je vais simplement trouver une fraîcheur relative de la mosquée. Je passe à côté du puits, et toutes les filles me regardent avec curiosité. Sur la droite, j'entre dans la mosquée des femmes, il y fait sombre et je ne vois rien. Des femmes me saluent, je réponds mais je ne sais pas qui c'est, je ne connais aucun visage, je ne les ai jamais vues. J'arrive sur les tapis, je m'assois tout devant comme d'habitude, pour montrer que je suis une bonne élève, et je commence les prières.

Devant moi, dans une petite cour, les filles trient le riz. Des chats sauvages les espionnent, perchés sur le mur.

En face, un petit couloir mène à une arrière-cour ou d'autres femmes préparent à manger. Elles se disputent et rient, s'arrachent un vieux morceau de tissu que la gagnante pose sur sa tête d'un air de victoire. Partout, des femmes s'affairent, et des jeunes filles discutent. De temps en temps, un homme sort de la porte qui se trouve à gauche des tapis de prière, à côté du bureau de Cheikh, et monte en courant dans les étages, ou interpelle une vieille femme d'un air sérieux.

Soudain, une voix se fait entendre dans le haut-parleur. Cheikh va descendre pour la prière.

Je remets avec précipitation le deuxième voile sur mon visage et tout devient encore plus flou. Je ne vois qu'une silhouette blanche descendre de l'escalier. Il fait une pause en bas, me regarde, dit quelques mots en peul, et une femme se dépêche de m'apporter un tapis de prière supplémentaire. Je me sens honteuse, un peu parce que cette vieille femme s'est déplacée pour me servir, et beaucoup parce qu'on m'a dit que celui que le cheikh honore, c'est qu'il n'a pas de respect pour lui, et que celui dont il ne s'occupe pas, celui-là a ses faveurs. Je me dis que je dois être mauvaise pour qu'il prenne la peine de me faire apporter un deuxième tapis. J'ai l'impression que toutes les femmes me regardent d'un air désapprobateur.

La silhouette blanche a disparu.

Quelques instants après, l'*Azan* retentit, des femmes descendent des escaliers en faisant semblant de se presser, la mosquée se remplit un peu.

Et là, je découvre qu'il y a aussi ici de rares moments de plaisir.

Icha

J'aime surtout les prières du soir, quand l'air se rafraîchit un peu, glisse sous le voile qui couvre mon visage, sous ma robe parfois, et court sur ma peau.

Il n'y a qu'une ampoule, sur le mur de gauche, et, à 19 heures, tout est peu à peu plongé dans l'obscurité.

Les femmes s'affairent au repas, et toujours la même odeur se répand dans la mosquée.

Pendant le *wazifa*[1], où les hommes chantent à haute voix des prières sur le Prophète, mon fils reste toujours calme à côté de moi, ma fille bouge dans mon ventre, et je me sens en paix. Je reste là une heure, parfois deux, par moments je retrouve un peu de cette lumière que j'ai connue autrefois.

Et puis il faut rentrer.

Je suis à peine sortie de la mosquée que mon cœur se serre. Même l'odeur me semble différente, le sable plus profond.

Je n'ai que 50 mètres à faire avant de voir les lumières de la maison, mais parfois je m'arrête en route, j'en profite encore un peu.

Et puis il faut bien pousser le portail de fer, avancer de quelques pas et monter l'escalier en pierre.

Asr

Chaque jour maintenant, les hommes se réunissent sur la terrasse pour manger, Saifeddine, mon mari et tous les Français de passage à ce

---

1. Un des *zikhr* (rappels) obligatoires de la *tariqa tidjania* (voie spirituelle).

moment-là, en général Nassim, Saadi qui fait des allers-retours entre ici et le Maroc, et quelques autres qui sont à la *zawiya* depuis plus ou moins longtemps.

Moi je reste dans le salon, et souvent je parle avec Alhan en espagnol ou en italien pour que les autres ne comprennent pas ce qu'on dit. Elle me raconte ses problèmes avec son mari, les reproches qu'il lui fait, elle me demande conseil, elle veut que je la soutienne, que je lui dise de patienter et que tout va s'arranger, et c'est ce que je fais. Elle est très amoureuse. En passant, Fatima nous traite de Chaitane.

Dohr

Mon mari est reparti en voyage, pour trois semaines cette fois.

Il faut patienter.

Un soir, j'ai porté un seau d'eau et j'ai senti quelque chose se détacher dans mon ventre. Depuis j'ai des contractions. Je vais devoir limiter mes sorties à la mosquée, et pendant l'absence de mon mari je n'irai qu'au discours du matin.

Il y a un hôpital à M'Bour, mais la plupart des femmes accouchent au dispensaire. Moi j'accoucherai à la maison car le médecin du dispensaire est un homme.

À cause de mon état et sur ordre de Saifeddine, les femmes sont un peu plus gentilles avec moi et j'espère que cela se passera mieux cette fois pendant l'absence de mon mari.

Asr

Je note à présent tous les discours de Cheikh dans un cahier et, chaque matin quand nous rentrons, Saifeddine, qui ne va pas à la mosquée, prend le cahier, le relit et le réinterprète pour ses femmes. Il dit que je peux me joindre à eux, qu'il n'y a pas de mal à ce qu'un homme voie une femme si c'est pour parler de religion.

Je me sens mal à l'aise. Alhan et Amina me disent des choses étranges à présent.

Elles m'ont dit un soir que Fatima ne m'aime pas parce qu'elle pense que je vais finir mariée à Saifeddine.

Il est de plus en plus attentionné avec moi. Il demande qu'on fasse de bons repas pour que je reprenne des forces avant l'accouchement, il ne sort jamais faire des courses sans demander si j'ai besoin de quelque chose. Et je commence à interpréter tous ses gestes différemment.

Je sens qu'Alhan aussi est troublée par tout ça, et que cela ternit nos relations. J'essaie de la rassurer, mais je n'y arrive pas. Elle est trop persuadée que tout ce que veut Saifeddine ne peut que se réaliser. Peut-être que moi aussi, quelque part.

Et si c'était vrai ? C'est peut-être mon destin ? En tout cas, c'est le premier homme qui s'intéresse à moi depuis trois ans. Et c'est celui que tout le monde adule.

Je me sens un peu flattée.

Sobh

Juste après le discours de Cheikh, Alhan est entrée en trombe dans ma chambre et m'a jeté une photo de son mari en criant : « Tiens, si tu veux tellement le voir, mon mec, le voilà. »

Il y avait tellement de haine dans sa voix ! Je n'ai pas regardé la photo, je l'ai glissée sous la porte du salon.

Après ça…

J'ai entendu Saifeddine la frapper.

La frapper vraiment fort.

J'entendais les coups, il criait sur elle en lui disant qu'il ne voulait pas de cette sale Marocaine, qu'il n'en avait jamais voulu, que c'était Cheikh qui l'avait obligé à se marier avec elle. Et elle ne disait rien, pas un cri, pas même un gémissement. J'entendais seulement le bruit des coups qui tombaient encore et encore.

Ce soir, au repas, elle ne s'est pas montrée.

Il la frappe presque tous les jours maintenant.

Je me réveille en entendant qu'il la jette contre les murs du salon. J'ai peur.

J'ai peur qu'il finisse par la tuer.

Aux repas, je la vois souvent toute tuméfiée. Elle ne dit plus rien, elle sourit doucement.

Depuis la dernière fois on ne parle presque plus et ça me manque, je voudrais savoir comment elle se sent, je voudrais être là pour l'aider.

Depuis que Saifeddine a commencé à la frapper, les autres la regardent d'encore plus haut, comme si elles étaient contentes de la façon dont il la traite.

Elle a fini par venir me voir, pendant que Saifeddine était sorti faire des courses avec Amina.

Elle a l'air terriblement malheureuse, mais terriblement amoureuse aussi.

Elle m'a dit que Saifeddine était comme ça avec elle à cause de ses problèmes de squat. Il paraît qu'elle est malade, squattée par un djinn. Moi je la trouve normale, mais elle me dit qu'elle fait des crises pendant lesquelles elle sent le djinn la frapper, écraser sa poitrine. Je repense au *Horla* de Maupassant.

Il paraît que Fatiha a le même problème et que c'est pour ça qu'elle est un peu bizarre.

J'ai du mal à y croire, mais je ne passe pas beaucoup de temps avec Alhan, je reste le plus souvent enfermée dans ma chambre. Peut-être que c'est vrai.

Maghreb

Mon fils s'ennuie avec moi et veut tout le temps passer de l'autre côté. Je le laisse faire, mais souvent j'écoute à la porte du salon, et j'entends Aicha lui parler mal.

Un jour, elle est venue jouer dans ma chambre, je l'ai reprise quand elle a voulu arracher un jouet des mains de mon fils, et elle m'a rétorqué d'un air hautain que je n'avais rien à lui dire. « Ma mère m'a dit de ne pas t'écouter. »

Icha

À présent j'évite même les repas avec eux. Fatima m'a de nouveau fait une crise de nerfs, sans raison, comme ça, tout à coup, en me disant que je ferais mieux de m'occuper de mon fils parce que c'était vraiment inadmissible qu'une musulmane soit une aussi mauvaise mère. Et c'est vrai qu'il a l'air plus heureux quand il est avec eux, il paraît qu'il mange, même. Il a tellement maigri depuis son arrivée ici…

Moi non plus je n'arrive plus à manger, je pense que j'ai perdu environ 10 kilos en moins de deux mois, mes jambes sont redevenues toutes maigres et mon ventre paraît énorme.

Dohr

Saifeddine continue ses petites attentions. Il me fait demander pourquoi je n'étends pas mes sous-vêtements sur la terrasse au lieu de les laisser dans ma chambre où ils doivent mal sécher, il dit qu'on est une grande famille et que ce n'est rien.

Je ne veux pas et du coup les femmes se moquent de moi.

Il met des chansons d'amour toute la journée

quand mon mari est en voyage, mais pas quand il est là. Rien n'est vraiment dit, et je passe mon temps à ne pas savoir quoi penser, tout est de plus en plus flou autour de moi, en moi.

Je ne sais plus où j'en suis. Le soir, je sors m'asseoir dans les escaliers quand mon fils dort et je reste là à respirer l'air presque frais. Dans ma chambre il fait beaucoup trop chaud, mon mari a acheté un ventilateur avant de partir, mais il fait un bruit qui me rend folle en brassant l'air brûlant.

Les autres se moquent de lui parce qu'il a acheté le modèle le plus cher et s'est fait avoir. J'entends Saifeddine parler fort quand je vais dans le salon. Il l'appelle « le petit ».

Dohr

Un jour, il a demandé à venir me parler dans ma chambre. Amina m'a dit que je n'étais pas obligée de me couvrir, qu'il ne me regarderait pas, mais j'ai mis ma robe, mon voile et même le *niqab* [1] sur mon visage.

1. Voile que l'on rajoute sur le visage. Ce terme peut aussi désigner le voile normal, c'est même plus souvent le cas chez les Arabes.

Il s'est assis de l'autre côté du lit de mon fils et a commencé à me demander ce qui n'allait pas, pourquoi je restais enfermée dans ma chambre.

Il me dit que quoi qu'il me soit arrivé dans le passé, quoi qu'il m'arrive aujourd'hui, c'est que je l'ai bien voulu, que maintenant je suis là pour vivre dans l'islam et qu'il serait temps que j'ouvre les yeux sur la véritable raison de ma présence dans cette maison, mais qu'il ne peut pas m'aider si je ne fais pas un pas vers lui. Il dit aussi qu'il avait été étonné d'apprendre mon mariage, à l'époque, car il savait qu'« un gamin tout juste sorti de sa Game Boy » ne saurait pas s'occuper d'une femme comme moi.

Icha

Alhan n'est plus mon amie, je ne parle plus à personne. Sortir de cette maison est devenu une obsession.

J'ai dit que mes contractions s'étaient arrêtées. C'est un mensonge, mais je ne peux plus rester enfermée ici, il faut que j'aille à la mosquée.

J'ai enfin pu retourner faire le *zikhr* du soir,

j'ai même prié à côté de la deuxième maman [1], et c'était un moment de paix.

Du coup je me suis attardée, je suis restée jusqu'à la dernière prière, et même après, je faisais glisser mon *kooroos* [2] entre mes mains, mais je ne priais pas, je voulais juste prolonger l'instant.

J'ai même été saluer la troisième maman, la *shérifa* [3] qui reste toujours dans ses appartements au dernier étage de la *zawiya* et ne descend jamais prier avec les autres à la mosquée. C'est une très belle femme encore jeune, elle a presque quarante ans de moins que son mari, toujours bien habillée, avec un rire cristallin et des manières très nobles.

D'habitude je vais toujours là-bas avec les femmes de Saifeddine, on s'assied et Fatima parle avec sa petite voix mielleuse que je trouve tellement hypocrite maintenant.

Mais cette fois c'était très différent. Mon fils jouait sur la terrasse, je n'étais qu'avec des Sénégalaises. Je ne comprenais rien à ce qu'elles disaient mais elles riaient, elles regardaient des clips à la télé, elles se montraient des tissus. On

---

1. C'est ainsi qu'on appelle les épouses de Cheikh, au Sénégal c'est une marque de respect.

2. Chapelet en sénégalais.

3. Les shérifs sont les descendants du prophète.

aurait dit qu'elles vivaient normalement, pas du tout comme nous.

Il était presque 22 heures quand je suis rentrée.

Fatima n'a rien dit et m'a apporté à manger dans ma chambre.

Mais, tard le soir, Alhan m'a dit d'un air de reproche qu'elle s'était fait frapper par Saifeddine, et qu'elle, il ne la frappait presque jamais. Parce qu'il dormait quand je suis partie à la mosquée, et qu'elle ne l'a pas réveillé.

Alhan dit qu'il est là pour veiller sur les femmes et qu'il n'était pas d'accord pour qu'on sorte seules, même pour aller à la mosquée.

Elle m'apprend qu'une nuit, quand ils vivaient dans le désert, Saifeddine avait reçu un appel du mari de Fatiha, Omar, parce que sa femme avait vu chez moi des photos d'un autre homme que mon mari. Je me souviens de cet après-midi où je lui ai montré des photos de ma famille. Sur l'une d'elles, il y avait un ex qui me tenait la main.

Et Alhan me dit que Saifeddine m'a défendue, qu'il a demandé de ne pas appeler mon mari, je n'étais pas convertie depuis longtemps, c'était sans doute un oubli. L'air de dire qu'il avait été bien gentil de faire ça pour moi.

Il avait « menti » pour me protéger, comme si j'avais été fautive de quelque chose.

À cet instant, je comprends que je me fais des illusions depuis le début. Depuis le début, c'est comme ici, le moindre geste est interprété et jugé, et je suis toujours coupable de quelque chose.

Ces cris que j'ai entendus dans le couloir les premiers jours m'étaient adressés. Je ne comprenais pas ce que disait Nassim quand il parlait d'une femme qui n'avait rien à faire ici, d'une femme qui mériterait une bonne raclée.

C'était moi.

Maghreb

J'ai préparé mon fils et caché quelques vêtements de rechange dans le sac où je range habituellement un biberon d'eau et des langes.

J'étais déjà dans le couloir quand Fatima est arrivée derrière moi. Elle s'est glissée entre moi et la porte, a tourné la clé et l'a retirée de la serrure.

« Tu vas où ?

— À la mosquée.

« Saifeddine a dit que personne ne va à la mosquée sans qu'il le sache.

— Eh bien, va lui dire que je vais à la mosquée !

— Il faut que je lui demande s'il est d'accord. »

L'angoisse. Je me sens prisonnière, humiliée. Elle revient.

« Saifeddine dit que c'est dangereux de sortir le soir.

— Je vais à la mosquée, il y a plein de femmes à la mosquée le soir.

— Il a dit non. »

Elle sourit, et je la trouve encore plus laide que d'habitude.

Je fais demi-tour et je claque la porte de ma chambre.

Icha

Mon fils a encore passé toute la journée avec eux.

Je suis peut-être vraiment une mauvaise mère, il s'en est rendu compte, il préfère rester avec Fatima.

J'ai envie de partir, terriblement. Mon fils dort,

je sais que je ne pourrai pas le porter, que je ne pourrai pas marcher avec lui dans le sable, je risque de perdre ma fille, je risque de les mettre tous les deux en danger.

Je ne peux rien faire, j'essaie de m'endormir en écoutant la radio, les histoires d'amour bidon me paraissent merveilleuses, j'essaie de ne plus penser.

Sobh

Je n'ai presque pas dormi.

Il est 5 heures.

Je n'en peux plus.

Il faut que je sorte, il faut que je prenne l'air, j'ai besoin d'aller voir l'océan.

Le flux et le reflux sourd des vagues qui viennent, s'en vont, se rassemblent et se défont, sereines, sauvages.

Je regarde mon fils dormir.

Tant pis, il faut que j'y aille.

Je le laisse, je sais qu'il ne se réveillera pas avant trois bonnes heures, et qu'il n'est pas seul. Alhan a installé son lit juste derrière ma porte, je sais qu'elle écoute tout le temps ce qui se passe dans ma chambre, c'est sûrement Saifeddine qui le lui a demandé.

Je m'habille tout doucement, je prie pour que ma porte ne grince pas, pour que j'arrive jusqu'à cette autre porte qui m'appelle.

Ça y est, j'y suis. Je tourne lentement la clé dans la serrure, je tends l'oreille à tous les bruits de la maison.

Le loquet tourne, la porte s'ouvre tout doucement. Je me glisse dehors.

Il faut claquer la porte pour la fermer, je le fais le plus doucement possible.

Et je descends les marches le cœur battant, ça y est, je suis en bas, je cours presque jusqu'au portail, je l'ouvre, vite je le referme derrière moi.

Je suis dans la rue, mais je ne sais pas de quel côté est l'océan.

Tant pis, le plus urgent, c'est qu'on ne puisse plus me voir de la maison, je prends la première rue à gauche. C'est une longue rue toute droite, on voit tout sur des centaines de mètres.

Je ne veux pas revenir dans la rue principale. Je marche droit devant, en me retournant de temps en temps pour voir si je ne suis pas suivie, puis je prends une petite ruelle à gauche qui m'amène à une nouvelle rue toute droite.

Au bout, je vois la mer qui scintille.

Je marche un peu plus vite en tenant mon ventre.

De chaque côté de la rue, je vois des cours, des chambres, des bâtisses grises ou blanches, vertes ou ocres et, de temps en temps, une petite boutique qui vient d'ouvrir ses portes. Déjà les femmes s'affairent sous les porches, se préparent à faire le linge ou lavent les enfants. Elles me regardent toutes d'un air curieux et je croise leur regard. Je n'ai pas mis de voile sur mes yeux, je veux tout voir.

De temps en temps, je croise aussi un homme et je repense aux paroles de Saifeddine qui prétend que le Sénégal est très dangereux pour une femme blanche. Mais aucun homme ne s'approche de moi, tout le monde me regarde passer d'un air incrédule, c'est tout.

Je me sens presque libre, mais la pensée de mon fils me ramène à la réalité, je sais que je vais devoir rentrer, bientôt.

Je pleure en marchant dans le sable. Je me demande s'il ne vaudrait pas mieux pour lui que je ne revienne pas.

J'ai marché pendant longtemps, tout droit devant moi, et je suis arrivée à l'océan.

Mais c'était une plage de pêcheurs, on ne pouvait pas s'approcher de l'eau, et il y avait des gens partout qui me regardaient bizarrement, silhouette noire au milieu des vêtements colorés, silhouette étrangère, provocante, au cœur de leur misère. Tout le monde a entendu parler des femmes des Français qui couvrent leur visage.

Mais jamais ils n'en avaient vu une s'aventurer sans un homme aussi loin de sa maison…

Je regarde la mer, l'horizon. Mais je ne ressens rien, sauf que j'ai chaud. J'étouffe. Je commence à avoir des contractions.

Combien peut-il faire dehors ? 30 °C déjà, peut-être plus ?

Je sens la sueur qui coule dans mon dos, partout sur mon corps, jusque dans mes gants.

À chaque inspiration, le voile vient se coller à mes lèvres, jusque dans ma bouche, et me laisse sur la langue un goût de poussière.

Je dois me concentrer pour sentir l'air brûlant couler dans ma gorge.

À droite, on voit les plages privées d'un hôtel, le sable fin. J'ai envie d'y aller mais c'est trop loin et il faudrait passer au milieu de tous les pêcheurs. Je n'ai plus le courage.

Alors je fais demi-tour et je rentre, déçue.

Quand j'arrive, tout le monde est en panique, Saifeddine est sorti me chercher, Fatima a été réveillée par le bruit de la porte.

Je rentre dans ma chambre, mon fils dort toujours. Saifeddine revient cinq minutes après moi, les femmes m'appellent dans le salon, je refuse, alors il vient derrière la porte de ma chambre.

Il me demande où j'ai été, je réponds « à la plage », et il lance à ses femmes d'un ton sarcastique : « Les bateaux des pêcheurs, c'est ça sa plage. »

Je comprends qu'il m'a suivie. Je me sens humiliée une fois de plus.

Asr

Il y a quelques jours, pour la première fois, j'ai frappé mon fils. Il pleurait tout le temps, je n'arrivais pas à le calmer. Je savais que Fatima allait bientôt venir voir ce qui se passait, et me regarder de son air hautain de mère parfaite, alors je lui ai mis une fessée. Et comme il pleurait de plus belle, je l'ai tapé encore et encore, et je pleurais aussi, en lui criant dessus, l'esprit écorché, jusqu'à ce qu'Amina me le prenne pour l'emmener à Fatima. En quelques secondes, il était calmé.

Je crois que je ne pourrai pas tomber plus bas.

Icha

Depuis la dernière fois, la clé n'est plus dans la serrure, je n'ai plus le droit de sortir qu'accompagnée d'une des deux premières femmes de Saifeddine.

Le *daka* a été prolongé, mon mari ne rentrera que dans dix jours. Dès qu'il arrivera, je lui dirai que je veux quitter cette maison.

J'ai insisté pour aller prendre l'air dans les escaliers un soir, j'ai dit que j'avais des problèmes pour respirer à cause de la grossesse, j'ai feint ce qui devait ressembler à une crise d'asthme et j'ai pu sortir.

Il fait nuit, donc ils savent bien que je ne vais pas partir. On ne voit rien dehors.

Je m'en fiche, je veux juste rester là, je veux juste ne pas être dans ces murs.

Il ne se passe plus un jour sans qu'une des femmes ne vienne me dire que Saifeddine a fait un rêve, elles me parlent du destin auquel on ne peut pas échapper.

Et chaque jour je prie pour qu'Allah préserve mon cœur.

Et chaque jour, je sens qu'il devient plus fort.

Quand j'étais dans l'escalier, Saifeddine est venu me voir.

Quand j'ai entendu la porte, j'ai cru que c'était Fatima qui venait me chercher, et puis j'ai vu ses jambes passer à ma droite et s'arrêter juste devant moi.

Je ne veux pas lever la tête, je sais que c'est ce qu'il attend.

Il commence à me parler, à me demander pourquoi je m'isole comme ça, pourquoi je ne me sens pas bien avec ses femmes. Je ne réponds rien. Il me demande si je suis énervée, si j'ai envie de le frapper, je ne réponds toujours pas.

Je tiens mon *kooroos* dans une main, il se penche sur moi et me demande ce que c'est.

Je me tais.

Alors il essaie de me convaincre de rentrer.

Il me dit d'abord qu'il y a des bars dehors et que les hommes traversent la cour pour revenir chez eux, qu'ils ont bu et que ça peut être dangereux.

Il me dit que plus je resterai seule et pire ce sera.

Il me dit qu'il sait ce que je ressens et que tout va s'arranger.

Il me dit que les femmes m'attendent pour manger.

Il me dit que c'est interdit pour une femme de rester seule dehors à la nuit tombée.

Il me dit que lorsqu'un des disciples de Cheikh fait quelque chose d'interdit, c'est lui qui en souffre.

Alors je me lève, et au moment où j'esquisse mon mouvement, il me dit :

« Et puis la soirée n'est pas finie. »

Je fais attention en remontant l'escalier, j'ai peur de me prendre les pieds dans ma robe et de tomber. Je ne veux surtout pas qu'il me touche, même son regard sur moi me gêne.

Un peu plus tard, quand j'étais dans la salle de

bains, Fatima est venue me dire de ne pas sortir, parce que Saifeddine passait aux toilettes. Et j'ai attendu longtemps, la porte de la salle de bains ne ferme pas à clé, je suis restée derrière. Je crois qu'il était là, j'entendais son souffle. Est-ce que j'ai rêvé ?

Dohr

Alhan m'a dit que depuis la fois où Saifeddine m'a parlé dans l'escalier il dort sur la terrasse et plus avec Amina, et elle pense qu'il m'attend.

Maghreb

J'ai beau regarder de tous mes yeux, de tout mon cœur, depuis que je suis ici, je ne vois rien de bien chez Saifeddine. Tout ce qu'il fait, tout ce qu'il dit, c'est contraire à la sunna, au Coran, même aux discours de Cheikh.

Il fume des joints toute la journée, aussi. Je sens l'odeur de l'herbe, et ça me donne envie.

Il y a quelque chose qui me fascine, pourtant.

Il a un tel pouvoir sur tout le monde…

Sobh

Finalement, c'est venu naturellement, petit à petit.

J'ai arrêté de lutter, j'ai lâché la barre, et je crois que la tempête est passée, il fait de plus en plus clair.

Je ne me laisse plus faire par Fatima et Amina. Je ne les laisse plus nous reprendre à longueur de temps, ni moi ni mon fils.

Mais maintenant, l'ambiance est vraiment hostile, même Saifeddine prend un plaisir malin à s'asseoir dans le couloir de l'entrée lorsque je demande à passer pour aller aux toilettes. Il me fait attendre.

Sauf qu'une femme enceinte de huit mois ne peut pas attendre pour aller aux toilettes et il le sait très bien.

J'ai un seau dans ma chambre.

Dohr

Pour la première fois, Saifeddine s'est énervé sur moi.

Je l'entendais crier dans le salon, insulter la « voisine » en disant qu'elle n'avait rien à faire à la *zawiya*, que je ne serais jamais rien dans l'islam, qu'une seule de ses prières valait dix mille des miennes.

Il a aussi accusé mon mari d'avoir enlevé les cotons des serrures pour espionner ses femmes. Mais les cotons sont toujours là.

Icha

Mon mari est rentré.

C'est moi qui lui ai ouvert la porte, il est tout bronzé et je l'ai trouvé beau pour la première fois.

J'étais contente de le voir et de ne plus être seule. Je lui ai raconté un peu ce qui s'était passé pendant son absence, sans trop parler des ambiguïtés avec Saifeddine. Karim pense toujours que tous les problèmes sont causés par ses femmes, et je n'ose rien dire de plus. Je lui ai juste demandé de récupérer mes cassettes et de dire clairement que j'étais libre d'aller à la mosquée quand j'en avais envie.

Un autre *daka* est déjà prévu, mais j'ai demandé à mon mari de ne pas y aller. L'accouchement est prévu pour le 11 juin, il y a des chances que j'accouche avant et ils devraient partir le 4.

Il en a parlé à Cheikh qui a dit que comme je n'étais pas ici depuis longtemps il pouvait rester auprès de moi, même si en général ici les hommes ne se préoccupent pas d'être présents pour la naissance de leurs enfants.

Dohr

Une nouvelle femme est arrivée.

Elle s'appelle Leila, c'est une Marocaine. C'est la femme du meilleur ami de Saifeddine, Saadi.

Saadi est marocain lui aussi, il a grandi dans la même ville que Bilal, Fatima, Karim et moi, sa sœur était dans ma classe au collège, je me souviens qu'elle faisait le ramadan. Il paraît qu'elle porte la burka elle aussi maintenant. Sa femme est toute jeune, elle vient d'avoir 18 ans, presque dix ans de moins que lui.

Elle ne parle pas un mot de français et du coup elle ne parle qu'avec Alhan qui nous traduit un peu.

J'ai tout de suite aimé sa franchise et sa voix forte qui détonne avec les manières passées de Fatima.

Dès qu'elle est arrivée, elle a commencé à dire que ça sentait mauvais, qu'il faisait trop chaud, mais je crois qu'elle a carrément eu peur quand elle a vu arriver le plat de la *zawiya*. On le reçoit tous les midis, et tous les soirs c'est Fatima qui cuisine. J'ai voulu l'aider, au début. Un soir j'ai préparé un gratin et un gâteau au chocolat, ça sentait bon dans toute la maison. Mais Saifeddine a dit que le fromage qu'avait acheté mon mari n'était pas halal et ils ont jeté le gratin. Pourtant, quelque temps après, j'ai retrouvé le même paquet de fromage dans le frigo. Ah oui, on est désolé, il s'était trompé. Ça arrive même aux meilleurs... Depuis, je n'ai plus mis un pied dans la cuisine.

Ce midi-là, c'était du mafé.

Je sais que les Sénégalais adorent, mais moi, rien que l'odeur me donne envie de vomir et comme en plus il arrive systématiquement froid, je ne peux même pas en avaler une bouchée.

J'ai donc passé le repas à observer Leila. Elle a regardé le plat avec des yeux ronds, puis toutes les femmes, tour à tour. Enfin, elle a tenté une approche avec sa cuillère, mis un grain de riz dans la bouche puis, avec une moue dégoûtée, nous a regardé à nouveau d'un air sceptique.

Au bout de quelques minutes, n'y tenant plus, elle a dit quelque chose à Alhan en arabe, ponctuant sa phrase d'un gros rire sonore plein de vie.

Alhan a ri aussi, et ça faisait longtemps.

Elle nous dit que Leila ne comprend pas comment on peut manger ça, qu'en plus c'est froid et ça pue, et qu'on a mal aux fesses assises par terre.

Finalement Fatima lui rapporte du ketchup. Leila en met une tonne devant elle avant de le mélanger avec un peu de riz.

« C'est dégueulasse, mais j'ai faim », traduit Alhan.

Sobh

Mes contractions ont commencé le soir du 4 juin.

C'était la nuit du *mouloud*, c'est-à-dire l'anniversaire de la naissance du Prophète. Peu de pays musulmans célèbrent cette date, mais ici c'est un jour de fête.

Des chants religieux et des sourates du Coran résonnaient partout dans la ville.

Quand mon mari a demandé le numéro des sages-femmes à Saifeddine, celui-ci a répondu qu'il n'y aurait personne au dispensaire ce soir, et que ce serait bien que je me retienne…

Il a aussi proposé que Fatima vienne, puisqu'elle a déjà aidé Amina à accoucher dans le désert…

Finalement on trouve une sage-femme sans problème. Quand elle vient m'examiner, je pense que le travail commence juste car les contractions ne sont pas encore douloureuses. Mais le col est déjà ouvert de 5 centimètres.

Je me sens bien, je peux bouger et marcher quand j'en ai envie, je reste debout, et je me demande pourquoi, en France, on oblige les femmes qui accouchent à rester attachées à un lit sans pouvoir bouger ni même s'asseoir pendant des heures.

La sage-femme parle plutôt bien français. C'est une grosse femme avec des yeux gentils et rieurs. Je suis contente que ce soit elle qui m'accouche. Elle dit que je suis courageuse, mais en fait je n'ai pas mal.

Je vais à la fenêtre de temps en temps, je ne mets pas mon *niqab* mais mon mari n'ose rien dire. Toute la maison sait que je vais accoucher, la tension est palpable, mais, pour la première fois, ce n'est pas pesant. Fatima frappe régulièrement à la porte pour demander si je vais bien, comme ils ne m'entendent pas gémir.

À 0 h 45, la sage-femme m'examine à nouveau et me dit qu'elle va me faire une piqûre pour que le bébé sorte.

Je ne me souviens pas d'avoir eu une injection lors de mon accouchement en France et je ne suis pas très rassurée en voyant l'aiguille. Je lui demande ce qu'il y a là-dedans et elle me répond que c'est un produit qui augmente la force des contractions pour aider la femme à faire sortir le bébé.

Elle installe une bâche en plastique sur le matelas, un paréo dessus et me fait signe de m'allonger.

Elle me plante l'aiguille dans le bras et, au fur et à mesure qu'elle enfonce le liquide dans mes veines, je sens une contraction très forte qui se lève dans mon ventre, ça me fait presque peur, elle me dit de pousser, une fois, deux fois, et à la troisième je sens la tête de ma fille qui sort.

Je pleure de joie et d'émotion, mes jambes tremblent. Le bébé pleure, on entend les voisins crier et applaudir dans le salon. Même mon mari a les larmes aux yeux. Il coupe le cordon et la sage-femme lui confie la petite. Elle est née toute propre, comme dans les films, il y aurait à peine besoin de la laver. Je vois mon sang qui coule sur la bâche, la sage-femme sort le placenta, et je me sens très faible tout à coup, j'ai la tête qui tourne.

Mais une demi-heure à peine après sa naissance, je tiens ma petite fille qui tète dans mes bras.

Mon fils nous a rejoints.

Il a l'air vraiment heureux d'avoir une petite sœur, il lui fait plein de bisous, caresse sa petite joue et me regarde avec des yeux brillants.

Il n'est plus seul.

Je me suis endormie avec mes deux enfants auprès de moi. C'est la première fois que je dors aussi bien depuis que je suis arrivée ici.

Dohr

Plus d'argent pour les couches jetables, il faut laver les langes des deux petits à la main.

Ma fille pleure tout le temps. Elle est couverte de boutons de chaleur, je crois que ça lui fait mal.

La France me manque.

Surtout la machine à laver.

Parfois, je ferme les yeux et j'imagine que je marche dans mon appartement, à Vitry. Je fais le tour du salon, je sors par la double porte, je traverse le couloir, je suis dans la cuisine. Dehors, le parc est couvert de neige, mais je suis pieds nus chez moi.

Il fait chaud.

Dohr

Les femmes de la *zawiya* sont venues me rendre visite par petits groupes, je n'ai même pas reconnu parmi elles la deuxième maman. Je ne l'avais jamais vue qu'en crypté.

Saifeddine a dit à mon mari que c'était un grand honneur car elle ne sort jamais de la mosquée. Je m'en veux de ne pas l'avoir reconnue et j'espère qu'elle n'a pas remarqué…

La fille aînée de la *shérifa* est venue aussi avec d'autres jeunes filles, j'étais contente de les revoir.

Mais je suis vraiment épuisée, la petite n'arrête pas de pleurer et j'ai l'impression que je vais devenir folle entre ses cris, le bruit du ventilateur, la chaleur, mon fils et les voisins.

Mon mari n'est pas souvent là, toujours à la mosquée ou avec les nouveaux amis qu'il s'est faits parmi les Sénégalais.

Je voudrais bien qu'il me propose un peu son aide pour le linge qui s'accumule, mais il n'y pense pas et je ne veux pas demander.

Je vais le faire la nuit, quand ma fille arrive à dormir un peu, et je me couche vers 2 ou 3 heures du matin.

Elle n'a pas encore de nom. Dans l'islam, on ne le donne qu'au baptême, sept jours après la naissance.

Nous aimerions l'appeler Khadija. Saifeddine dit que le mieux c'est de laisser Cheikh choisir le prénom mais je n'ai pas envie cette fois.

Asr

Le jour de son baptême, on a emmené notre fille à la *zawiya*, et c'est la deuxième maman qui lui a rasé la tête. J'avais un peu peur, car les Sénégalaises font ça directement avec une lame de rasoir sur la peau nue, un peu d'eau froide et du savon. Mais elles ont l'habitude, et tout s'est très bien passé.

Mon mari a appelé Cheikh qui est toujours en *daka*, et c'est lui-même qui a demandé si nous avions pensé à un prénom. Elle s'appellera donc Khadija.

Puis Karim a égorgé le mouton, et nous en avons distribué à toutes les familles de la *zawiya*.

C'était une belle journée.

Maghreb

J'ai complètement arrêté les *zikhr* depuis la naissance de ma fille. Je l'attendais presque comme une excuse. Ces derniers temps, je n'arrêtais pas d'augmenter mes adorations, jusqu'à arriver à dix mille prières sur le Prophète par jour, en plus de celles de la *zawiya* et des prières obligatoires. C'était comme un cercle vicieux, un acte compensatoire, presque obsessionnel. J'avais l'impression qu'il allait arriver quelque chose de terrible si je ne faisais pas autant de prières tous les jours.

Avec la chaleur, la grossesse et l'ambiance pesante de la maison, j'avais l'impression de descendre une côte en roue libre en sachant que le moindre petit caillou pouvait me faire perdre l'équilibre, mental.

Icha

Le travail d'Amina a commencé onze jours après la naissance de Khadija, en début d'après-midi, à 23 heures je l'entendais toujours gémir de douleur dans sa chambre. Mon mari dormait, je suis restée sur la terrasse avec Alhan. Fatima sortait régulièrement de l'antre d'Amina avec des bols en fer remplis de sang.

Je priais intérieurement pour que tout se passe bien et qu'elle ne perde pas à nouveau son bébé. Cette fois, elle accouchait à terme.

C'est la même sage-femme qui est venue, elle est passée me saluer et j'étais heureuse de la revoir. Je sais qu'Amina est entre de bonnes mains, mais je sais aussi comment elle a l'habitude de traiter les Sénégalais et je pense qu'elle ne doit pas être très aimable avec elle. Ça me gêne.

Ces derniers temps, je n'ai pas eu l'occasion de parler avec Alhan et ça me fait du bien d'être assise sur la terrasse avec elle, dans l'air frais de la nuit. Elle s'est beaucoup rapprochée de Leila.

Elle et son mari ont eu une chambre à la *zawiya* et comme Saadi est très proche de Saifeddine, on a essayé d'échanger avec eux pour quitter la maison, mais Saifeddine s'y est opposé. Il dit que nous ne sommes pas encore prêts.

Alhan a beaucoup maigri depuis la première fois que je l'ai vue et son visage est marqué par les coups.

J'essaie de lui parler un peu de son mari pour voir si elle ne commence pas à avoir des doutes sur lui, mais elle est toujours amoureuse... Je crois qu'il pourrait la traiter encore plus mal si c'était possible, sans qu'elle se rebelle.

Chaque soir, elle espère qu'il va la rejoindre dans sa chambre et qu'ils pourront passer la soirée tous les deux sur son balcon, à l'abri des regards des autres femmes, mais à chaque fois que cela arrive, Amina ou Fatima trouve un prétexte pour les déranger et rompre leur intimité.

Amina a finalement accouché peu après 23 heures.

C'est une sensation étrange, une petite vie qui apparaît dans cet endroit, c'est improbable et rassurant à la fois, ce cri si pur qui s'échappe de cet antre si sombre.

Un petit cri plein d'espoir.

C'est un garçon.

Alhan m'a dit plus tard qu'Amina avait perdu ses deux premiers enfants à cause des coups que Saifeddine lui mettait dans le ventre et, lorsqu'elle a perdu le dernier, il aurait déposé le petit corps dans une assiette, devant sa porte. Je pense que c'est Amina qui lui a raconté ça, je ne sais pas si c'est vrai, mais ça ne m'étonnerait pas.

Amina est la seule avec qui il passe régulièrement ses nuits, la seule à qui il témoigne un tant soit peu d'attention et de respect. La seule qui ose lui tenir tête et même se battre avec lui, parfois.

Elle a la cicatrice d'un coup de couteau sur l'épaule, et je sais par Alhan que Saifeddine en a plusieurs dans le dos.

Ils s'aiment dans le sang, sur les cadavres de leurs enfants.

Icha

Fatima est rentrée de la mosquée en hurlant contre Aicha :

« Sale petite putain ! Va chercher le tuyau ! T'es qu'une petite pute ! »

La petite pleurait et suppliait mais rien n'y a fait.

Elle a continué à pleurer sous les coups.

Il paraît qu'elle avait parlé avec des petits garçons, à la mosquée.

Elle n'a que 5 ans !

En l'entendant pleurer, je revois son regard profond, hautain et méchant souvent, mais si grand, qu'on y voit, comme une étoile dans un coin de ciel noir, la pureté infinie de l'enfance.

Je me souviens des menaces quotidiennes qu'elle subit.

De la rigueur et des coups.

Chaque journée n'étant qu'une succession de gestes implacables, précis et immuables. D'interdits et d'obligations.

De lois intransigeantes qu'elle ne comprend pas, mais qui planent au-dessus d'elle. Et elles bouchent l'horizon de son esprit d'enfant, et elles la privent du soleil de l'innocence.

C'est juste une petite fille.

Sa vie tout entière enchaînée au Bien et au Mal.

Déjà coupable.

Si elle ne fait pas sa prière, cinq fois par jour. Si elle ne mange pas à genoux par terre, sans bouger. Si elle ne porte pas son grand voile qui lui tombe sur les pieds.

Sa vie tout entière rythmée par le Bien et le Mal.

Déjà coupable.

Et dans cet enfer, un seul repère, sa famille. Un homme tout-puissant et trois femmes qu'il frappe et humilie, sous le regard intransigeant du Dieu qui juge et qui punit.

C'est juste une petite fille.

Maghreb

Je n'ai plus le courage d'écrire, plus envie de raconter les insultes, les coups, la haine et le mépris et tout simplement le poids terrible de la vie.

Je veux juste tout oublier.

Dohr

Mon mari est reparti pour quinze jours. Saadi est parti aussi et Leila va partager ma chambre pour ne pas rester seule.

Saifeddine a rejoint Cheikh et les autres pendant une journée. Dès qu'il est rentré, il a fait une crise de nerfs. Il s'est mis à toutes nous insulter et à jeter les meubles à terre.

Puis il a appelé ses femmes, l'une après l'autre.

J'ai entendu Fatima crier : « Pardon, excuse-moi Saifeddine, pardonne-moi Saifeddine. »
J'ai entendu Amina crier : « Non, pas lui, t'as pas le droit de frapper un bébé. »

Puis juste des coups, ça devait être Alhan.

C'est la première fois que je l'entends frapper Fatima et Amina depuis que je suis arrivée. Il y a du sang sur les murs. Il les a toutes mises dehors. En passant devant ma chambre, elles me suppliaient de leur passer des voiles pour qu'elles puissent se couvrir dehors, et lui me criait de ne pas sortir si je ne voulais pas qu'il en tue une. Je crois qu'elles sont restées au moins une heure ou deux devant la porte avant qu'il les rappelle. Comme des chiennes, elles sont rentrées tête baissée, et on a entendu Alhan gémir toute la nuit contre la porte.

Quelques jours après, c'est le petit Saadallah qui avait un œil au beurre noir. J'ai appris à ne pas poser de questions mais, en tendant l'oreille aux conversations, j'ai compris qu'il avait renversé un verre.
Parfois, j'ai peur que Saifeddine finisse par tuer quelqu'un.

Un soir, après le retour de mon mari, Saifeddine est venu frapper violemment à notre porte en lui criant de sortir. Il voulait se battre, je ne sais plus pourquoi, je crois que Karim a souligné une incohérence quand il racontait aux hommes une de ses histoires à dormir debout. Il en invente tous les jours pour consolider son personnage et asseoir son pouvoir sur ses disciples, puisque c'est comme ça qu'ils s'appellent eux-mêmes maintenant. Un jour il a gagné un championnat de boxe (sur femmes peut-être), un jour il s'est fait courser par des hommes du FBI, un jour une valise pleine de billets est apparue devant lui pendant qu'il faisait la prière, et il en a fait don à la mosquée...

Mon mari a paniqué. Il n'est pas sorti, il ne s'est pas battu.

Non.

Il a sauté par la fenêtre et s'est enfui dans la nuit, sans un mot, en me laissant seule avec mes deux enfants dans la chambre, et un fou qui donnait des coups de pied dans la porte.

J'ai regardé la fenêtre ouverte, j'ai regardé la chambre autour de moi, cette chambre où j'étouffe dans cette maison où je meurs.

Et je me sentais BIEN.

Je me disais, c'est fini. Tout ça, c'est fini. Je suis célibataire.

Son acte, c'était comme un divorce. Je sais que je ne lui pardonnerai jamais.

Et je me sentais bien.

Saifeddine a continué à s'énerver sur la porte jusqu'à ce qu'Amina vienne le chercher.

Et cinq minutes après, Fatima entrait dans la chambre en me demandant de pardonner son époux, qu'il était malade des nerfs, que c'était une maladie répandue chez les grands pieux qui prennent beaucoup plus de lumière en un jour que les gens comme nous en une vie…

Mon mari est rentré tard. Il s'est blessé le pied en sautant par la fenêtre. Il a atterri sur un piquet et se l'est planté dans le pied. Du coup, il a quand même continué à courir, mais jusqu'au dispensaire.

Il est arrivé avec sa blessure comme une excuse, presque comme un trophée, il voulait que je le soigne, et moi j'avais envie de vomir en le regardant.

Il a senti ma réticence.

« Quoi, tu me prends pour un lâche, c'est ça ? Tu crois que ton mari est un lâche ? »

Je lui ai dit qu'il s'était quand même enfui en me laissant là avec les enfants.

Mais il a répondu qu'il était parti car il savait que s'il n'était plus là, Saifeddine se calmerait.

Sobh

J'ai quitté la maison.

Pendant que mon mari était à la mosquée, Saifeddine a fait une nouvelle crise de nerfs. Il s'est mis à frapper la porte de ma chambre en hurlant qu'il allait me battre, me traîner par les cheveux dans la salle de bains, et je ne sais plus quoi encore.

Puis il est parti hurler dans le salon.

Alhan est venue me voir, j'étais en colère, je criais aussi.

« S'il te plaît, Nejma, tais-toi, c'est moi qui vais prendre après. »

Je me suis habillée et j'ai rassemblé quelques affaires.

J'ai attendu que Karim frappe à la porte, c'est toujours moi qui lui ouvre. On a un code pour que chaque femme reconnaisse son époux et lui ouvre elle-même la porte. Et quand je l'ai vu, je lui ai dit : « On s'en va. Je sors MAINTENANT et je ne remettrai plus les pieds dans cette maison. »

Je suis restée dans la mosquée des femmes au moins jusqu'à 23 heures, pendant que tout s'agitait dehors. Mon mari a été voir Cheikh, Saifeddine a été voir Cheikh.

Fatima est venue avec un petit sourire condescendant me dire :

« Saifeddine dit que ce serait bien que tu reviennes maintenant.

— Ah non, je vais pas revenir, plutôt crever. »

La *shérifa* m'a donné une chambre à son étage et, deux heures plus tard, les trois femmes de Saifeddine arrivaient.

Il les avait mises à la porte.

Mais bien sûr, elles n'étaient pas libres pour autant, il les reprendrait demain, il voulait juste les humilier. Fatima et Amina n'ont pas retiré leur voile. Seule Alhan m'a montré son visage tuméfié, le nez et la joue gonflés, la bouche qui saignait. Quand elle a prié, elle gémissait à chaque geste.

Je suis restée trois jours chez la *shérifa*.

La chambre devait être très belle, au début. C'est une chambre à l'occidentale, très grande, avec du papier peint, des placards, et même une grande salle de bains. Mais tout tombe en ruine. On ne peut pas se laver car toutes les évacuations sont bouchées, jusqu'aux toilettes. Dès qu'on fait couler de l'eau dans la baignoire, celle des égouts remonte par une évacuation qui devait servir de douche, en plein milieu de la pièce. Les filles de la *zawiya* y passent toute la journée, pour laver leur linge ou les couches de la petite fille de Cheikh.

Ça sent mauvais et il fait trop chaud. J'ai faim, j'ai soif, je me réveille entourée de femmes que je ne connais pas, qui passent dans la chambre à moitié nues en parlant fort entre elles en peul.

Les filles de la *zawiya* veulent toutes me voir sans voile et j'ai de la visite toute la journée.

Le soir, je sens les souris courir sur mon lit et, un matin, je me suis réveillée parce que quelque chose me chatouillait la joue : c'était un énorme cafard, au moins la taille de mon pouce.

Je voyais ses petites antennes bouger du coin de l'œil.

Je ne suis pas allée au discours de Cheikh, ni descendue faire une seule prière à la mosquée.

Cheikh m'a fait demander, mais je n'y suis pas allée.

Je n'ai envie de voir personne.

Dohr

Au bout de ces trois jours, nous avons eu une chambre à nous. C'était si facile, finalement, que je regrette de ne pas être partie avant.

Ma chambre est dans une petite cour juste derrière la mosquée. C'est un nouveau bâtiment que Cheikh fait construire pour loger les familles de la *zawiya*, mais pour l'instant seul le rez-de-chaussée est habitable.

Dans chaque chambre, il y a une petite entrée, une pièce d'environ 7 m^2 et une petite salle de bains avec des toilettes turques et une arrivée d'eau, pour la douche, qui ne fonctionne pas encore. En tout, il doit y avoir 10 m^2.

La mienne est tout au bout à gauche, on n'en voit que la porte, car elle n'a pas de fenêtre.

C'est comme habiter dans un garage ou une cave. Il faut ouvrir la porte pour qu'un fin rayon de lumière peine à parvenir jusqu'à la chambre. Si on ferme, le seul éclairage est la lumière froide d'un néon accroché au plafond.

Asr

C'est la saison des pluies.

Quand il va pleuvoir, le ciel se charge en quelques secondes, il fait subitement noir, et la pluie tombe d'un coup, comme une chape qui s'abat sur les têtes. Tout le monde court dehors, mais les routes sont déjà inondées, on peut à peine les traverser à pied. Elles restent impraticables pendant plusieurs heures, jusqu'à ce que le soleil revenu, plus chaud encore qu'avant, ait tout avalé.

Le bâtiment est mal conçu, on dirait qu'il penche d'un côté. Du coup, notre entrée est légèrement plus basse que les autres, et la chambre est inondée à chaque fois qu'il pleut. Il faut repousser l'eau à la raclette pour l'empêcher d'atteindre les lits. Et la pluie stagne sur le côté de l'immeuble, contre le mur de notre chambre qui est devenu noir en quelques jours.

Pourtant, malgré l'humidité, la chaleur étouffante et les moustiques, je dors bien depuis que nous sommes ici.

Je peux aller aux toilettes sans demander.

Je peux me lever et me coucher quand bon me semble et, quand je suis dans ma petite chambre sans fenêtre, je suis chez moi.

Personne n'épie mes mouvements, personne ne juge, personne ne crie ni ne frappe. On est bien.

Asr

Je ne parle plus qu'avec les Sénégalaises maintenant. Les Françaises m'ignorent cordialement, leurs enfants n'ont pas le droit de jouer avec les miens, et c'est très bien comme ça.

L'après-midi, je monte souvent dans les appartements de la *shérifa*, au dernier étage de la *zawiya*, on peut aller sur les toits et voir jusqu'à la mer.

Tout le quartier avec ses petites cours où s'affairent les femmes, ses minuscules boutiques où on achète de tout, ses incessants va-et-vient, les Sérères qui portent les bassines d'eau et les charrettes tirées par des chevaux tout maigres qui tremblent sous le poids.

On reste là, à discuter dans le vent. La fille aînée de Cheikh parle français, et deux autres jeunes *shérifa* aussi. Ce sont des jumelles issues d'une famille noble du pays et dont les parents ont confié l'éducation à Cheikh.

Il y a une dizaine de jeunes filles qui vivent à l'étage de la *shérifa*, et qui lui sont confiées.

La plupart ne parlent pas français, mais elles m'apprennent quelques mots de poulard. Je les connais toutes maintenant.

Souvent, je les vois se préparer pour sortir au marché, avec leurs voiles colorés et leurs grands boubous brodés et je les trouve belles. Je respire enfin un peu avec elles, elles écoutent de la musique et regardent la télé, elles parlent des hommes et de leur avenir, elles sont jeunes et vivantes. Je découvre un autre islam, un islam qui aime la couleur et la vie, et qui ne tremble pas, qui ne juge pas.

Celle que je préfère, c'est Aissatou. C'est la petite sœur de Mansour, le traducteur de la mosquée, avec qui mon mari étudie la charia plusieurs heures par jour. Elle n'a que 14 ans, mais c'est déjà presque une femme, je n'ai pas l'impression d'avoir dix ans de plus qu'elle.

C'est une fan de Bob Marley, je lui ai promis de lui ramener un CD si je retourne un jour en France ; elle était étonnée que je connaisse les chansons par cœur et quand je lui ai dit que j'avais déjà rencontré un homme qui avait joué avec Bob, et été à plusieurs concerts de reggae, ses yeux brillaient à la fois d'envie et d'incrédulité. Je sens qu'elle se demande ce que je fais là.

Dohr

L'autre jour, j'ai vu Aissatou passer avec une bassine d'eau sur la tête. Son boubou laissait deviner tout son corps. Elle était belle et j'avais envie d'être comme elle, belle et libre sous le soleil.

Mais je porte toujours mes grandes robes noires, mes voiles immenses et mon *niqab*. J'ai seulement coupé le deuxième voile qui me cachait les yeux et m'empêchait de reconnaître les gens. Le monde n'est plus seulement une succession d'ombres et de lumières, de silhouettes cryptées et de signes indéchiffrables.

Je vois le ciel et le soleil et les visages. Et je me maquille les yeux, puisque c'est tout ce qu'on voit de moi.

La vie s'organise petit à petit dans la chambre.

Tous les matins, une Sérère apporte deux grandes bassines d'eau qui doivent servir pour boire, se laver, manger et faire le ménage. On n'a plus de pastilles désinfectantes, donc on fait bouillir l'eau avant de la donner à boire aux enfants. Mais moi, je la bois telle quelle.

De toute façon, avec les crises de paludisme qui nous frappent régulièrement, deux ou trois fois par mois, et nous laissent amaigris et faibles, on ne sait plus vraiment quand on est malades et quand on est guéris.

Tous les soirs, mon fils s'endort brûlant, et la fièvre tombe avec le jour.

Il est si mince…

Je ne lave les enfants au savon que tous les deux jours, pour économiser. Le reste du temps, je me contente de les rincer à l'eau froide en frottant un peu avec la main.

On a laissé toutes nos économies chez Saifeddine, et maintenant il faut subsister avec presque rien.

Parfois, on peut s'acheter quelques paquets

de gâteaux à 100 francs chez Demba, parfois c'est juste du pain, parfois rien.

Vers 15 heures, des petits de la *zawiya* nous amènent le plat. Le midi, il est toujours bien rempli, mais sur les cinq ou six plats différents qui sont servis à tour de rôle, je n'arrive à en manger qu'un.

Je suppose que dans quelques mois, je finirai par aimer même le mafé. Pour l'instant, je préfère encore ne pas manger.

Les enfants attendent derrière notre porte que nous déposions le plat et en finissent jusqu'au dernier grain de riz. Ils disent qu'ils ne comprennent pas comment on peut vivre en mangeant si peu.

Moi non plus d'ailleurs. Mon mari n'a pas l'air de souffrir de la faim, mais moi si, parfois elle m'empêche de dormir. Je fais comme à la maison médicale, je bois du thé pour oublier mon ventre vide. D'ailleurs il paraît que par cette chaleur il faut boire chaud pour se rafraîchir.

Nous recevons aussi le plat du soir, mais il n'arrive jamais avant minuit, mon fils s'est endormi en l'attendant, il ne mangera encore pas ce soir.

Ce plat est souvent presque vide. Dans l'ombre protectrice du soir, les enfants se réunissent dans un coin pour manger un peu.

Le repas du soir n'est servi qu'aux invités, et pour eux c'est un repas de fête. Il y a même parfois des cuisses de poulet…

Icha

Dans la chambre, nous avons deux matelas que nous mettons l'un sur l'autre dans la journée pour laisser un peu d'espace à mon fils pour jouer. Il fait trop chaud pour que je reste dehors à le surveiller, les Sénégalaises me proposent souvent de le prendre pour l'emmener jouer avec leurs enfants. Je voudrais dire oui mais je ne peux pas m'empêcher d'avoir peur.

Ici, presque toutes les mamans ont déjà perdu un enfant, elles ont fini par se dire que leur destin n'était pas dans leurs mains, et elles les laissent jouer presque sans surveillance. Ainsi, les enfants grandissent en liberté dans les cours puis dans les rues, partout dans la ville, ils courent et se rassemblent par petits groupes. Le soir venu, ils sont couverts de sable, de crasse, de morve, mais leurs yeux brillent.

Parfois, on retrouve un enfant de trois ans avec à la main une lame de rasoir ramassée par terre.

On les voit fouiller le sable avec un bâton pour déterrer un cadavre de rat.

On entend qu'un de plus s'est noyé, emporté par une lame de fond dans l'océan bleu qui brille là-bas.

Je garde mon fils avec moi, mais j'invite les enfants qui passent dans ma cour à entrer. Nous avions apporté beaucoup de jouets et même si certains sont restés chez les toubabs, il en reste encore assez pour émerveiller les enfants de la *zawiya* et les occuper tout l'après-midi.

Dohr

Saifeddine et Saadi sont venus frapper à la porte un midi, ils criaient à mon mari de sortir tout de suite, Saadi disait qu'il allait le tuer s'il ne s'excusait pas auprès de Saifeddine. Mon mari tournait en rond dans la chambre, j'étais assise sur le lit, je le regardais et je lui disais :

« Mais sors, vas-y, tu vas pas rester là à ne rien faire. »

Et je le voyais hésiter, se combattre, il jetait des regards apeurés et continuait à marcher de long en large. Et soudain il s'est tourné vers moi et m'a dit : « Mais si j'y vais, il va peut-être me faire mal. »

Il a attendu jusqu'à ce qu'ils se lassent et partent.

Une demi-heure après, il m'a dit que Cheikh ne voulait pas qu'on se batte et que le bon comportement, c'était de ne pas répliquer.

Sobh

Alhan est venue me voir un matin à la mosquée, après le discours de Cheikh, pendant que Fatima et Amina attendaient quelques mètres plus loin. Elle m'a dit que j'étais maudite, que tous les saints me maudissaient et que toute ma famille et moi finirions en enfer.

Et quand elle parlait, elle me disait avec ses yeux qu'on l'obligeait à le faire.

Je ne ressens rien que de la pitié mêlée d'un peu de haine pour les toubabs maintenant. Je voudrais qu'ils m'oublient. Je suis fatiguée de tout ça, et j'ai encore du mal à dormir la nuit.

Je pense à toutes les humiliations, les insultes et la haine qui pèsent sur cette maison, je voudrais mettre des continents entre elle et moi.

Ma belle-mère va venir nous voir.

Karim a acheté deux coussins et un rideau pour arranger un peu la chambre, des *satala* [1] neuves, et même un carton de gâteaux chez les Mauritaniens. Ce sont eux ici qui tiennent toutes les grandes épiceries où on peut trouver des produits occidentaux. On les reconnaît à leur turban blanc, et aussi à leur silhouette, les hommes sont généralement petits et maigres, et les femmes énormes. Il paraît que là-bas le poids est un critère de beauté, la plus belle femme du village étant aussi la plus grosse.

Au Sénégal, les cultures se mêlent lentement, et les jeunes filles sont partagées entre les traditions qui aiment les rondeurs, et de l'autre côté les films, la télé et les magazines occidentaux.

Elles mettent de la crème pour blanchir la peau et se désespèrent de leurs cheveux qui ne poussent pas. L'islam interdit les rajouts, et c'est un argument pour le port du voile : rares sont les

1. Sorte de « théière » en plastique dont se servent beaucoup les Sénégalais.

Sénégalaises qui ont les cheveux longs, et elles préfèrent les cacher, par coquetterie plutôt que par pudeur.

Icha

Ma belle-mère est arrivée tard le soir du 15.

Il paraît qu'il y a eu un attentat à New York, que des avions ont été détournés pour frapper des immeubles. Il paraît que cela a bouleversé le monde entier.

J'aimerais regarder la télé. Mon univers se limite aux frontières d'un quartier, chaque jour passe presque identique au précédent, tout événement décuplé par la vision étriquée qu'on en a.

Asr

Ma belle-mère nous a offert un petit frigo avant de partir.

On va pouvoir garder des aliments comme le lait ou le fromage pendant quelques jours, et surtout boire de l'eau fraîche !

Elle est venue avec nous au discours de Cheikh, elle avait mis un petit voile pour entrer dans la mosquée mais, quand elles l'ont vue arriver en pantacourt et T-shirt avec son sac à main, les doyennes se sont mises à courir dans tous les sens en murmurant. Frou-frou de tissus colorés qui s'entremêlent et se dispersent, glissent vers elle et l'entourent. On ne la voit plus pendant quelques secondes, puis le paravent mouvant multicolore se décompose et la revoilà, dans un boubou trois fois trop grand, un peu étonnée.

Sobh

C'est le ramadan.

Depuis trois semaines, on sent la fébrilité dans les rues. Tout le monde se prépare à jeûner la journée et, le soir tombé, à partager un peu de pain et de café.

Ce café incomparable que préparent les Sénégalaises elles-mêmes, et qu'on boit uniquement pendant ce mois sacré.

Assis sur les nattes de la mosquée, dans la fraîcheur, on attend l'*Azan*, puis les chants, les rires, la vie se réveillent avec la nuit.

Durant ces instants, je me sens presque bien ici.

Asr

L'autre jour, les toubabs ont accusé mon mari de leur avoir volé de l'argent.

Fatima a pris son ton le plus aigri pour me dire, presque comme une enfant :

« Ton mari, c'est un menteur et un voleur. »

Et ENFIN je lui ai dit ce que je pensais. Résumé en quelques phrases tout ce que je pense d'eux et de leur islam, à quel point ils me font pitié, à quel point ils me font vomir.

À chaque phrase que je prononçais, je me sentais plus libre, comme si j'avais trouvé un couteau et que je tranchais la corde qui me liait le cœur. Je sentais la pression se relâcher à chaque passage de la lame, jusqu'à ce que le dernier lien tombe enfin sur les nattes tressées de la mosquée.

Les femmes de la mosquée nous ont séparées avant l'arrivée de Cheikh et m'ont assise avec elles au fond. Je me sens bien, tellement bien que j'aurais préféré continuer à les insulter encore un peu, au lieu de faire la prière…

Icha

On a fêté l'*Aid*.

Ici, la tradition veut que chacun porte de nouveaux vêtements pour l'occasion.

Les Sénégalais se font parfois faire jusqu'à sept tenues différentes, et les exhibent fièrement pendant une semaine.

Mais même l'enfant le plus pauvre a un boubou neuf.

Il suffit de regarder dehors pour comprendre que c'est un jour de fête, la plus grande et la plus attendue de l'année.

Ce matin, dans son discours, Cheikh a parlé de la réconciliation, du pardon, du partage. La bonne humeur ambiante diffusait partout son parfum enivrant, et j'avais presque envie de faire un pas vers les Françaises.

Mais non.

Il a donné deux moutons pour tous les Français, mais nous n'avons pas été invités, et c'est Mansour, lui qui peine à nourrir et soigner sa famille chaque jour, qui vers 16 heures nous a apporté à manger, trois plats différents et de la viande, beaucoup de viande.

Sans lui nous aurions passé l'*Aid* sans manger.

Mon mari l'aime beaucoup, et moi aussi, même si je ne le connais pas.

Parfois, quand je passe dans sa cour, le soir, pour aller chercher Aissatou, je le vois assis devant sa porte, dans un rayon de lune, assis un livre à la main, immobile.

Presque tout ce que Karim apprend avec lui vient contredire ce que font et disent les toubabs. Mais je m'aperçois aussi que pour presque chaque loi, chaque règle dans l'islam, il y a *khilaf*, c'est-à-dire discussion, et en cherchant bien on peut toujours dire, selon Untel c'est comme ça, ou selon Untel c'est le contraire. Sans compter les quatre écoles entre lesquelles certaines lois varient beaucoup. Les gens, même bien intentionnés, disent : « Ça c'est comme ci ou comme ça », parce qu'ils l'ont lu dans je ne sais quel livre écrit par on ne sait trop qui, ou vu à la télé sur une chaîne arabe. Et pour eux ça devient une vérité inébranlable, inattaquable, ils peuvent passer des journées entières à discuter tel ou tel point parce qu'ils n'ont pas lu le même livre ou regardé la même émission.

Et ce qu'ils ont lu, pire, ce qu'ils ont retenu de ce qu'ils ont lu, ils vont le répéter en disant : « Allah a dit… »

Sobh

Il fait froid !

Ce matin au discours de Cheikh, j'avais les

orteils qui gelaient. Il bruinait et le vent était glacé.

À présent il faut chauffer l'eau pour les douches et dormir habillés, comme nous n'avons pas de couverture.

Il n'y a presque plus de moustiques, mais les cafards et les souris envahissent les maisons à la recherche d'un peu de chaleur.

Nous avons eu une souris dans la chambre pendant deux jours.

On ne voulait pas la tuer, alors on l'a emprisonné dans une *satala* et on l'a jetée dehors.

Elle n'a même pas eu le temps de toucher le sol avant qu'un chat se jette sur elle et disparaisse en l'emportant dans la nuit.

J'ai très faim en ce moment.

L'autre soir, les Françaises étaient derrière moi à la mosquée et parlaient fort du repas qu'elles avaient fait, et des gâteaux qu'elles avaient préparés. Je sentais mon ventre qui se tordait en les écoutant, je pensais au plat du soir qui n'arriverait peut-être pas, c'est souvent le cas quand Cheikh s'absente, et au verre de thé qui m'aiderait à oublier la faim.

Asr

Saifeddine va partir en France. Cheikh l'a fait *muqaddam* [1]. Cela signifie qu'il lui confie des responsabilités, qu'il l'autorise à parler de religion aux gens et à prendre des disciples en son nom.

Saifeddine dit à tout le monde que Cheikh l'envoie en mission en France, mais Mansour nous a avoué que c'est lui qui a demandé à Cheikh de le laisser partir, et de le faire *muqaddam*, en prétextant que beaucoup de gens en France attendaient sa venue pour prendre la tariqa. Et le pire, c'est que c'est sûrement vrai.

En tout cas, ça lui donne encore plus de crédit aux yeux des toubabs, et nous isole davantage. Les Sénégalais savent tous que c'est un menteur et un manipulateur, mais c'est un Français, un étranger, un invité de Cheikh.

Dohr

Nassim a fait une crise de nerfs l'autre jour, je ne sais pas exactement ce qui s'est passé mais il est devenu violent et les Sénégalais ont été obligés de l'enfermer dans une chambre de la

1. Représentant, « lieutenant » d'un cheikh.

mosquée. Mon mari dit qu'il a fait des *zikhr* très forts sans l'autorisation de Cheikh, et que ça peut rendre fou.

J'ai appris par la *shérifa* que Cheikh a aussi demandé à Saifeddine d'aller voir un médecin dans un hôpital psychiatrique à Dakar, mais il n'y a jamais été. Il y a aussi un autre Français, Abdallah, qui n'a pas le droit de sortir de la *zawiya*, à cause de problèmes de *djinns*[1]. Il faut qu'il baigne dans les lumières de la mosquée pour guérir.

Je commence à me dire que tous les Français qui sont ici sont fous, et que je vais peut-être le devenir moi aussi si ça continue. Peut-être que je le suis déjà !

Icha

Une nouvelle femme est arrivée. Une jeune convertie de 18 ans qui a fugué pour suivre Bilal dans cet énorme dépotoir de mensonges, dans cette décharge abjecte et puante d'incohérence et de foi.

1. L'Islam admet l'existence des djinns qui, comme les hommes, ont été créés pour adorer Dieu. Ce sont des créatures en général invisibles.

Alhan est venue me parler quand j'étais à la mosquée.

J'étais étonnée de la voir sortir seule, d'habitude elle est toujours gardée par Fatima, et quand j'ai entendu sa voix derrière moi « Nejma, Nejma », j'ai poussé un long soupir, je me disais : « Qu'est-ce qu'ils ont inventé cette fois ? »

Mais elle a commencé par s'excuser pour tout ce qu'elle avait pu dire ou faire contre moi. Puis elle m'a dit que la maison devenait vraiment invivable pour elle, qu'elle y était traitée comme une esclave.

Fébrile, elle se retournait sans cesse pour vérifier que Fatima n'entrait pas, elle parlait si vite et si bas que parfois j'étais obligée de la faire répéter. J'étais un peu incrédule aussi, je ne pouvais pas m'empêcher de me demander si ce n'était pas une ruse, un coup tordu germé dans l'esprit de Saifeddine pour je ne sais quelle raison irrationnelle.

Mais sa voix, ses yeux brûlants cernés de noir, sur le noir de son voile, ne mentaient pas, quand elle m'a raconté tout ce qui la rongeait, pendant des heures.

Saifeddine est de plus en plus violent. Il paraît qu'il frappe souvent Fatima maintenant.

Tous les toubabs subissent un lavage de cerveau continuel sur fond de glorification de Saifeddine et d'obéissance aveugle à ses ordres.

En réalité, il ne fait même plus la prière, il mange pendant le ramadan, il boit de l'alcool et il emmène les Français voir les prostituées à Saly.

Un jour, il en a ramené une et a obligé ses femmes à la servir comme une invitée.

Et le reste du temps, Alhan lui sert de partenaire pour les pratiques interdites en islam.

Le 15 août, elle a eu 23 ans, il l'a réveillée en la battant, et entre les coups de pied, les coups de poing et les insultes, il lui souhaitait un bon anniversaire.

En France, il s'est installé chez Samia et Ahmed.

J'ai peur pour elle. Il paraît qu'Ahmed s'est déjà endetté pour Saifeddine, qui le pousserait à prendre crédit sur crédit, soi-disant pour construire des mosquées et faire des tournées de prêche en France. Mais la vérité c'est qu'il y aurait maintenant une télé, un ordinateur portable, un salon et je ne sais quoi encore dans la maison.

À chacun de ses voyages il revient plus riche, les bras chargés, et là il devrait bientôt rentrer avec, dans ses bagages, une nouvelle femme.

Et c'est ça qui a poussé Alhan vers moi.

Elle aurait accepté les coups et les humiliations et aurait fait semblant de croire les mensonges, mais ça, c'était trop.

Car depuis des mois il lui promettait qu'à son retour de France il se consacrerait à elle, qu'il rattraperait tout ce temps donné aux autres, qu'il l'aimerait.

Elle devait même l'accompagner pour ce voyage mais, au dernier moment, alors que sa valise était faite, il a changé d'avis. Elle a dû protester, il a dû frapper et, pour se faire pardonner, elle a déchiré son passeport devant lui.

Deux semaines après, il l'a appelée pour lui dire qu'il avait trouvé une princesse, et qu'elles avaient intérêt à se préparer à l'accueillir dignement.

Cette princesse, c'est la jeune fille qui est venue me voir une fois, qui ne portait pas le voile et s'habillait serré, et qui ne rêvait que de bébé avec son mari, dont elle semblait sincèrement amoureuse.

Ses yeux si gais, si innocents, il les avait attirés sur lui, puis lentement, tranquillement, il y avait semé le trouble.

Il avait parlé de son mari, il avait laissé entendre qu'elle n'irait jamais loin avec lui, qu'elle était destinée à autre chose, que seul un homme au-dessus des autres, comme lui, pouvait guider les gens sur les chemins tordus de la vie, jusqu'à l'amitié de Dieu.

Et petit à petit, avec ses mots doux, il l'avait convaincue de le rejoindre. C'était son destin, elle n'avait pas vraiment le choix.

Il comptait sans doute garder Alhan pour se défouler, pour avoir le plaisir de marcher sur quelqu'un en se levant le matin, en se couchant avec une autre le soir.

Dohr

Maintenant, elle me rejoint chaque jour à la mosquée.

Quand on se voit au discours du matin, Fatima est là, et on ne se salue même pas.

Mais dès qu'on est seules, on parle pendant des heures. La deuxième maman est toujours là, à nous observer de son regard penché.

Alhan découvre la *zawiya*, rencontre les filles, reprend sa respiration.

Elle passe de plus en plus de temps à la mosquée, et Fatima laisse faire.

Elle est même venue chez moi un soir. Pour la première fois depuis des mois, je l'ai vue sans son voile.

C'est son visage, mais en même temps il y a quelque chose de changé. Comme si chaque trait était devenu un reflet, une image grimaçante de lui-même. L'œil gauche penche un peu, la joue droite reste gonflée, et bleuâtre, quand tout le reste, amaigri, blafard, s'est comme desséché.

Et le tout forme un tableau étrange, une scène de guerre, transpercée par ses yeux vifs et son rire comme autant de rayons de lumière sur la colline où point la victoire.

Elle commence à parler sérieusement de quitter la maison avant que son mari ne rentre de France.

La seule solution pour elle serait d'aller voir Cheikh pour lui demander une chambre à la mosquée, mais elle n'ose pas car Saifeddine l'a convaincue que Cheikh la prenait pour une folle et une menteuse. C'est ce qu'il raconte à tout le monde, mais je sais que les Sénégalais n'écoutent pas Saifeddine.

L'autre jour, quand on était toutes les deux à la mosquée, la deuxième maman s'est approchée de nous discrètement, elle s'est assise sur le petit trottoir qui borde les tapis de prière. Et elle était là, la plus respectée et la plus autoritaire des femmes de la *zawiya*, accroupie comme une petite fille, à nous écouter. Elle ne parle pas français, mais son regard était si perçant, profond et attentif, qu'elle semblait tout comprendre.

Dohr

Alhan et moi on ne se cache plus pour parler.

Du coup, Fatima a recommencé à l'insulter et à la menacer, jusqu'à ce qu'Alhan se décide enfin à partir.

Elle est venue chez moi et je l'ai accompagnée à la mosquée. Elle a parlé à la deuxième maman pendant longtemps, la mère de Mansour traduisait, et Néné Rougui écoutait, hochant la tête à chaque phrase, avec son air grave. Elle posait ses yeux si intelligents sur Alhan, ils se remplissaient de douceur, et ses lèvres fines s'étiraient dans un demi-sourire rassurant.

Elle dormira dans la même chambre que moi quand j'ai quitté la maison.

Asr

Alhan a monté un stratagème avec les Sénégalaises pour récupérer ses affaires chez les toubabs. Comme les jeunes filles de la mosquée passent de temps en temps rendre visite à Fatima et Amina, Alhan est partie avec elles et s'est cachée derrière la porte pendant qu'elles frappaient.

Dès que Fatima a ouvert, Alhan a attrapé la porte, et les filles l'ont bloquée pendant qu'elle entrait.

Fatima et Amina n'ayant pas de voile, elles ont couru se cacher, on les entendait crier, mais elles n'osaient pas sortir. Alhan est réapparue une grosse valise à la main, à moitié fermée. Elle riait.

Elle est partie en laissant la porte ouverte.

Sobh

Je perds mes cheveux.

Je les perds par poignées entières, chaque jour.

Quand je les lave, je ne sens plus qu'une fine

mèche qui coule dans mon dos comme un filet d'eau, une larme.

Sobh

Saifeddine est rentré.

Fatima et Amina sont arrivées au discours de Cheikh avec sa nouvelle femme.

Alhan était là, à se regarder dans cette fille qui prenait sa place comme dans un miroir.

La même silhouette noire, le même regard honteux, qui se cache presque lui aussi.

Icha

Saifeddine a divorcé d'avec Alhan. D'après lui, Cheikh a dit qu'elle était devenue complètement folle.

Elle est partie à l'ambassade de France de Dakar avec une fille de la *zawiya*. Il a fallu parlementer avant qu'un chauffeur de taxi accepte de l'emmener, et cela aurait été impossible sans la présence de Khadijatou. Ici les mentalités sont encore très traditionnelles et on conçoit mal qu'une jeune fille puisse voyager seule. Et puis, tout le monde connaît Saifeddine…

Elle me manque déjà. Ça fait un grand vide, toutes les filles sont un peu tristes, et moi je suis de nouveau seule.

Avec eux, là-bas, de l'autre côté de la mosquée.

Dohr

Nous avons eu une nouvelle chambre. Nous sommes maintenant les voisins de Saadi et Leila, toujours dans le même bâtiment, mais à l'autre bout. Et il y a une petite fenêtre, dans l'entrée !

Dohr

Encore une crise de paludisme.

Mon mari est reparti en *daka* alors je laisse Khadija avec les filles de la *zawiya* quelques heures par jour pour me reposer, et elle est devenue leur mascotte.

Parfois je la vois passer, attachée sur le dos d'Aissatou ou de Maryam, sa petite tête en porcelaine posée sur leurs épaules d'ébène.

Tous les matins, à la mosquée, elle crapahute sur ses fesses, en position assise, la main tendue devant elle, pour aller saluer la deuxième maman. Et quand elles se regardent, leurs yeux brillent exactement du même éclat.

Icha

Mon mari est rentré à la fin du mois. Les filles du troisième m'ont fait des tresses et du henné pour l'occasion, et les retrouvailles se sont bien passées.

Pourtant je sens en moi cette lassitude, le dégoût du rôle que je joue, le dégoût de cette gentille femme qui s'apprête pour accueillir son mari de retour de voyage, et qui s'allonge sans désir pour gagner son paradis.

Je déteste faire l'amour avec lui, je ne supporte pas son souffle sur ma peau ni ses baisers, et je ne pense qu'à la douche qu'il faudra que je prenne avant de pouvoir me coucher et dormir enfin.

Tout le monde me dit qu'il est beau et gentil et que Cheikh l'aime beaucoup, mais il ne me fait pas rêver, il ne me fait pas vibrer.

Je voudrais que tout soit différent.

Sobh

J'étouffe.

Je me sens de plus en plus étrangère ici, je ne fais que dire bonjour et au revoir à des femmes à longueur de journée, mais je n'ai personne à qui parler vraiment.

J'ai commencé à discuter avec mon mari d'un retour en France. Lui veut finir d'étudier son livre, il passe de longues heures chaque jour à copier des pages et des pages en arabe. Je sais qu'il ne m'empêchera pas de partir si je veux, le seul problème c'est qu'il ne me laissera pas partir seule, il faut qu'il m'accompagne, ce qui fait un aller-retour de plus à payer.

Mais l'espoir de revoir la France, ma famille, et d'être très loin d'ici…

Maghreb

L'autre jour, je suis allée frapper chez Leila et elle ne m'a pas ouvert sa porte. Elle me parlait à travers, sa voix était chargée d'angoisse, presque comme si elle avait peur de moi. Mais à mon avis, c'est de son mari qu'elle a peur. Je l'imagine, sans cesse derrière elle, dans son ombre, même quand il est absent. Il y a de plus en plus de toubabs qui viennent passer quelques semaines ou quelques mois à la *zawiya*. Par moments, ils sont une bonne vingtaine.

Icha

J'ai l'impression de dépérir chaque jour un peu plus. Mes yeux sont fatigués à force de faire le linge sous le néon, mais je ne peux pas sortir car il faudrait que j'enlève mon *niqab* et que je remonte mes manches.

Alors on essaie de le donner à une Sérère le plus souvent possible, pour que je n'aie plus que les couches à laver. Mon fils est presque propre à présent, donc j'ai beaucoup moins de travail, pourtant je me sens de plus en plus fatiguée.

Chaque jour quand je me réveille et que je regarde autour de moi, l'angoisse m'étreint à la pensée de la journée qui m'attend.

Le pâle rayon de lumière qui me parvient depuis la fenêtre de l'entrée me dit que la vie a commencé depuis longtemps dehors, mais j'ai de plus en plus de mal à me lever, je ne vais même plus au discours de Cheikh. De toute façon, il ne fait plus de traduction en français et je m'endors à l'écouter parler en peul.

Toutes les nuits, je fais des cauchemars, comme quand j'étais à la maison médicale.

C'est toujours pareil, des lieux semblables, des corps massacrés par une menace qui plane, et la nécessité de fuir vite, très vite.

Souvent, je suis dans cette maison, toujours la même, il y a des corps dépecés partout, pendus au plafond, couchés par terre, assis dans des fauteuils dans la position de la vie, qui me regardent de leurs yeux vides.

Je cours, je cherche des issues, il y a une pièce secrète quelque part, je suis essoufflée et terrorisée et seule, je saute par des fenêtres, dévale des rues, traverse des jardins.

Et lui il me poursuit, toujours sans visage, cet homme qui veut me tuer, il ne doit pas m'attraper.

Lorsque je me réveille, l'angoisse est si forte qu'il me faut au moins une heure avant de pouvoir me lever ou me rendormir.

Maintenant j'appréhende les nuits presque autant que les jours.

Au début de ma conversion, il m'est arrivé plusieurs fois de rêver du Prophète ou des compagnons, c'était toujours de beaux rêves.

Maintenant, je n'ai à nouveau plus que des rêves de meurtre, traque, peur.

Je commence à en vouloir à Allah pour tout ça, je n'aime plus parler de religion, mais je continue mes prières, mes *Zikhr* et à supporter la vie dans cette mosquée. Je fais semblant, toute la journée, j'attends.

Icha

Aissatou est amoureuse. Elle voulait s'enfuir à Dakar pour le retrouver parce que Cheikh refuse de les marier, mais je l'en ai dissuadée. Elle a à peine 15 ans. J'ai peur de ce qui pourrait lui arriver, toute seule dans cette grande ville.

On a parlé de tout ça dans la rue, juste devant ma cour, je voyais son regard, brûlant dans la nuit, s'éteindre peu à peu au fur et à mesure qu'elle renonçait, qu'elle se résignait.

Je voudrais pouvoir l'emmener avec moi en France.

Mais je sais que jamais elle n'obtiendra un visa ni ne pourra payer le billet.

Je sais que je vais la laisser là.

Moi, j'ai simplement appelé ma mère, je lui ai dit que je voulais venir passer l'été avec eux. Et ils vont tous se cotiser pour nous payer les billets, un aller-retour pour mon mari, et des billets simples pour moi et les enfants. J'achèterai les billets de retour le moment venu, car je ne veux pas me fixer de date.

Peut-être aussi parce que je ne suis pas sûre de revenir, mais je n'en parle pas.

J'ai été voir Cheikh, je lui ai dit que j'étais très fatiguée, que je me sentais seule ici, entre les Sénégalais avec qui je ne peux pas parler et les toubabs avec qui je ne m'entends pas. Il m'a dit qu'il savait tout ce qui s'était passé avec eux et que ce serait très long et très dur à guérir. J'ai pleuré en entendant ça, sous mon *niqab*.

Mais tout ce qui compte, c'est que je vais partir.

Je n'ai pas pu m'empêcher de le dire à tout le monde. Leila m'a regardé d'un air à moitié envieux, à moitié compatissant car, pour les toubabs, celui qui retourne en France (à part Saifeddine, bien sûr), c'est qu'il est trop faible pour la *zawiya*. C'est perçu comme un échec, la preuve d'un manque de foi, d'une âme pervertie.

Peut-être, peu m'importe.

Prendre une douche chaude, un bain même, manger trois fois par jour des repas chauds, pouvoir rester plus de deux minutes dehors sans être couverte de sueur, pouvoir aller chez le médecin quand un de mes enfants est malade.

Récupérer ma vie, ne serait-ce que pour quelques mois.

Asr

Je rentre en France le 5 juin, le jour de l'anniversaire de Khadija.

L'autre soir, j'étais avec Aissatou sur la terrasse de la *zawiya* et Fatima est venue me voir.

Elle m'a dit que, sur ordre de Cheikh (opportunément reparti en *daka* avec Karim), Saifeddine devait prendre tous les passeports des Français afin d'établir une liste pour la police. Je sais que les flics sont venus poser des questions sur nous, mais je doute qu'ils aient demandé à Cheikh d'établir une liste, et encore plus que Cheikh dise aux femmes de donner leurs papiers à Saifeddine, donc je refuse.

Il veut mon passeport, peut-être pour m'empêcher de partir. Mais pourquoi ? À quoi bon ?

Ça fait presque dix mois maintenant que j'ai quitté cette maison, ils n'ont jamais cessé de m'impliquer dans leurs délires. Je passe des heures, chaque jour et chaque nuit, à tourner dans ma tête tout ce que j'ai vu et fait depuis quatre ans, et surtout au cours des quinze derniers mois, en essayant de croire que quelque chose de bien va ressortir de tout ça. Mais au fond, je ne crois plus vraiment à rien. Tout ce que j'avais appris, je le tenais de mon mari, et lui le tenait d'eux. Depuis le début, tout est faux, même si je sais que tous les musulmans ne sont pas comme eux, je n'ai plus envie d'écouter personne.

Icha

Je suis allée voir les Françaises. Elles m'ont invitée et, je ne sais pas pourquoi, j'ai accepté. J'ai hésité si longtemps qu'il faisait nuit quand j'ai finalement monté l'escalier de pierre.

Elles ne devaient plus m'attendre car, quand j'ai frappé, j'ai entendu tout un déménagement à l'intérieur. J'ai attendu au moins dix minutes dehors. Je n'avais qu'une envie : partir, mais la curiosité me retenait, j'avais envie de voir ce qu'elles voulaient me cacher.

Fatima m'a finalement ouvert, à peine un regard, et je suis entrée.

Sur la terrasse, il y a un salon marocain.

Dans le salon, des banquettes et des chaises, un meuble télé (les portes sont fermées mais je suis sûre qu'il y a une télé) et un ordinateur portable.

Dans la cuisine, j'aperçois une pizza dans le four de la nouvelle cuisinière, et un énorme frigo américain qui a l'air neuf. C'est rare ici, on ne trouve presque que de l'électroménager d'occasion. Il a dû le faire venir de Dakar.

Je m'installe dans le salon, assise au bord d'une chaise, et je ne sais pas quoi faire. Je regarde mes enfants jouer, Khadija a attrapé une poupée et ne veut plus la lâcher. Elle adore les poupées. Je les laisse jouer et ils sont sages.

Ce soir je voudrais bien qu'ils fassent des bêtises, juste pour voir Fatima pincer ses lèvres minces sans rien oser dire.

Mais ils sont sages.

Toutes les Françaises sont là, je revois la nouvelle femme de Saifeddine sans *niqab* pour la première fois depuis notre rencontre en France, il y a des siècles. À l'époque, elle s'appelait Assiya, mais son mari l'a rebaptisée Tariqa.

J'avais oublié à quel point elle était jolie, mais je la sens mal à l'aise, je vois qu'elle baisse les épaules devant Fatima et Amina, et je peux lire dans ses yeux ce qu'elle vit. Alhan m'a raconté la même histoire.

J'ai dit que je ne pouvais pas rester, elles ne m'ont pas retenue, Fatima m'a raccompagnée à la porte et on ne s'est pas dit au revoir.

Sobh
Juin 2002
Trappes

Je suis en France.

Lorsque je suis sortie de l'avion, je croyais que le froid serait le premier choc.

Mais non, ce qui m'a frappé, c'est le parking. Toutes ces carrosseries rutilantes qui brillaient, éclairées par des dizaines de lampadaires. On aurait dit que toutes les voitures étaient neuves.

Même dans l'aéroport, tout était impeccable. Pas de poussière, pas de sable, les portes qui s'ouvrent seules, les haut-parleurs qui débitent leurs messages mécaniques dans toutes les langues.

Lorsque je suis sortie, ils étaient là, ma mère, ma sœur, mon beau-père et ma belle-mère, tout souriants, surtout ma sœur.

J'ai mis un boubou et enlevé mon *niqab*, et elle m'a dit que j'étais belle. Elle avait l'air vraiment heureuse de me voir.

Icha

De l'eau chaude…

Sobh

Mon mari est reparti.

Je ne l'ai pas accompagné à l'aéroport.

Je me demande quand et où je vais le retrouver.

Dohr
Saint-Lambert-des-Bois

Après le départ de Karim, j'ai appris qu'on était surveillés par les Renseignements généraux.

Ils ont appelé chez ma mère avant que je rentre. Ils voudraient que je réponde à quelques questions. Mais je n'irai pas. Moi, tout ce que je veux, c'est ne plus avoir affaire aux toubabs, ne plus même en entendre parler. Et puis, j'aurais l'impression de trahir l'islam.

Oublier.

J'ai du mal à dormir. À chaque fois que je ferme les yeux, je ressasse les mêmes regrets, les mêmes mauvais souvenirs, l'ambiance oppressante comme une bouffée pestilentielle qui m'étouffe. Je ne dors plus avant 4 ou 5 heures du matin, quand le jour se lève. Je fais moins de cauchemars dans la journée.

Asr
Magny-les-Hameaux

Une amie de ma sœur m'a prêté son appartement pendant quinze jours.

C'est un beau trois-pièces au rez-de-chaussée, pendant deux semaines je n'ai pas eu l'impression de déranger, je pouvais faire semblant d'être chez moi.

Mon fils avait une chambre pour lui avec une télé et un magnétoscope et ma fille dormait dans un grand lit avec moi. On était bien. J'aurai un appartement comme ça un jour.

Bientôt.

Je ne crois pas que je vais rentrer au Sénégal, ma mère ne veut plus payer le billet de retour, et même si je ne le dis pas à mon mari, ça m'arrange.

Ici je ne porte pas de voile sur le visage, ni de gants, je vais me promener avec mes enfants quand j'en ai envie, je peux ouvrir le frigo et manger à chaque fois que j'ai faim, et prendre des bains tous les jours si je veux.

Ici personne ne me dit que je vais aller en enfer, personne ne veut me tuer, ni même m'humilier.

Maghreb
Saint-Lambert-des-Bois

On n'arrête plus de se disputer, ma mère et moi.

J'ai essayé d'appeler le 15 pour avoir un foyer, mais il n'y a pas de place, bien sûr. Surtout que l'on est trois.

Je regarde souvent mes valises. Il me suffirait de saisir les poignées, de prendre mes enfants et de partir.

C'est l'été dehors et c'est la seule chose dont j'ai envie : partir loin, avec eux, quelque part à l'autre bout du monde, refaire une vie rien qu'à nous, au soleil, libres.

Mais je ne suis pas libre. Je suis musulmane et mariée, je suis deux fois esclave.

Tenue par des chaînes que j'ai moi-même serrées autour de mon corps, jusqu'à ce qu'elles m'étouffent.

Icha

Je ne pleure plus, j'ai l'impression que je n'ai plus de larmes. À chaque fois que je suis triste, mes yeux s'emplissent et puis tout se bloque, les larmes ne coulent pas et ma gorge me brûle comme si on m'étranglait.

Je pleurais beaucoup avant.

Asr

Mon mari va rentrer. On s'est beaucoup disputés parce qu'il voulait finir ses études avant, mais il va rentrer et reprendre le travail. Ça fait trois mois maintenant que je vis aux crochets de ma mère, et il faut que ça s'arrête.

Ma mère m'a dit qu'elle ne voulait pas que mon mari vienne chez elle. Et ma belle-mère refuse de me prendre avec les enfants.

Alors on ira à la maison médicale ou on dormira dehors, je m'en fous.

Maghreb
Gif-sur-Yvette

Il est rentré et nous sommes partis à la maison médicale.

Me voilà à nouveau dans ma chambre. C'est un sentiment étrange de me retrouver ici, dans ces murs où j'ai bu, où je me suis droguée, où j'ai dansé. Maintenant je suis voilée, avec un mari et deux enfants en bas âge. J'ai l'impression que ce n'est pas moi.

J'aurais préféré prendre l'ancienne chambre de ma sœur, plus grande, mais depuis la tempête de 1999 il y a un grand trou dans le plafond et c'est inondé à chaque fois qu'il pleut.

La pluie s'infiltre ici aussi. On a mis des casseroles et tout ce qu'on trouvait mais ça ne suffit pas, il y a trop de fuites. Le soir, on positionne les matelas pour que les gouttes tombent à côté mais la moquette est imbibée et, au matin, ils sont tous humides.

On a acheté un petit réchaud à gaz pour faire à manger. Il n'y a qu'une seule prise électrique qui fonctionne encore dans la maison, on a tiré une rallonge pour avoir un peu de lumière et la télé, mais la cuisine et la douche sont hors d'usage.

Il y a des araignées partout, ça sent le moisi, et on a faim à nouveau.

Le secours catholique nous a donné un peu à manger, on fait des pâtes, et du thé.

J'ai demandé à ma mère si on pouvait aller dans la maison de ses parents, inoccupée depuis plusieurs mois. Elle a dit non.

Elle ne veut pas qu'on me voie avec mon voile dans le quartier.

Mais les enfants sont toujours contents, ils jouent, ils rient, ils ne se rendent pas compte que tout ne va pas bien. Et tout va bien.

Dohr

Mon mari a repris le travail, il faut patienter encore un mois avant la première paie.

Il commence à faire froid, et surtout il pleut de plus en plus. La chambre est très humide.

On s'organise malgré tout, je fais chauffer de l'eau pour laver les enfants, dans une bassine à même la chambre.

Asr

Mon père passe me voir presque tous les jours, il travaille toujours en bas, les patients entrent directement dans la salle d'attente et ne voient pas la misère qui règne dans le reste de la maison.

Il a beaucoup parlé du Sénégal avec nous, il cherche un endroit pour fuir, changer de vie, loin du fisc, loin des rappels. Il a l'air si fatigué…

Le maire lui a proposé un local dans le quartier HLM qu'ils viennent de refaire, mais avec ce que les impôts prélèvent sur son compte, il ne pourra même pas payer le loyer.

C'est ce qu'il dit, parce qu'il a vraiment envie de partir. Et je sais qu'il partira. Alors on lui a proposé de le mettre en relation avec des gens du Sénégal qui l'aideront à trouver un logement. On lui a parlé de notre idée de monter une affaire de taxi là-bas, et il était très intéressé. Mon mari a appelé Mansour, son cousin est taxi et pourra travailler pour mon père, s'il achète une voiture.

Maghreb

Il fait très froid.

Je n'ai plus de cœur pour la prière ni les *zikhr*, je les fais mécaniquement, c'est la peur d'être punie qui me dirige, la crainte et l'angoisse qui guident ma vie depuis que j'ai posé le pied au Sénégal.

Je n'arrive plus du tout à trouver la lumière que je suis aveuglément depuis trop d'années maintenant.

Tout ce sur quoi j'ai fondé ma nouvelle vie a disparu. Je n'ai plus d'espoir, plus d'envies, plus de projets.

Je continue à parler de retourner au Sénégal avec mon mari, de construire une maison, on a même fait des plans. Une belle et grande maison au soleil. C'est à ça que ça devrait ressembler, mais pour moi c'est juste une prison de sable et de vent, une prison de pierre, de prière.

Parfois, quand un rayon de soleil vient briser le béton du ciel, je me souviens des sentiments, je me souviens de l'absolu et de l'espoir.

Mais il faut retourner dans la pénombre. Et prier à longueur de vie. Et chaque jour remonter le rocher en haut de la montagne, inlassablement, sans se poser de questions.

Il n'y a plus que le vide autour de moi et en moi, et la même tâche à reproduire, la même souffrance à endurer.

Jusqu'à ce que je l'aime, cette souffrance, parce qu'elle est devenue ma vie.

Et là, le rire de mes enfants.

Leur innocence, leur curiosité, leur courage.

Dohr

Mon père est parti. On l'a accompagné à l'aéroport et, au moment de nous dire au revoir, son regard est devenu profond, sérieux. Je me suis demandé si je le reverrai un jour.

Je suis inquiète à cause des toubabs. Il s'est rasé la barbe et se fera appeler par son deuxième prénom, on lui a recommandé de ne pas trop traîner du côté de la mosquée. Mais je ne sais pas si cela suffira, les Sénégalais parlent beaucoup et il y a encore Bilal là-bas, Saadi, Nassim, et d'autres arrivés après notre départ. Mais Saifeddine est en France avec ses femmes. Il a réussi à convaincre Ahmed de lui laisser son appartement et de partir vivre chez sa famille avec sa femme et ses deux filles…

Sobh
Vitry-sur-Seine (94)

On a retrouvé un appartement à Vitry-sur-Seine. C'est un deux-pièces, bien chauffé et surtout pas trop cher.

La propriétaire est arabe et très gentille, je lui ai expliqué notre situation et elle a bien voulu nous aider.

Je quitte à nouveau la maison médicale, à jamais cette fois je crois.

Elle est en vente, mais les travaux sont trop importants et effraient les jeunes couples attirés par le prix.

C'est dommage, ça aurait pu être une belle maison, j'aurais aimé que quelqu'un la fasse revivre et dépose sur ses murs un peu de couleur, derrière ses fenêtres un peu de chaleur. Je m'aperçois que je suis attachée à cet endroit, contre toute attente.

Mais ce soir je suis au chaud. Mes enfants dorment dans leur chambre, et on est tous les deux dans le salon. On n'a pas de lit, on dort à même le parquet, mais il est tiède et presque doux. On est bien.

Demain, je donnerai un bain chaud aux enfants.

Sobh

Mon fils a commencé l'école, il n'aura raté que les trois premiers mois.

Il pleure le matin quand je l'emmène mais je sais qu'il m'oublie dès que j'ai refermé la porte.

La vie change, j'ai des horaires à respecter, je me lève tôt le matin, et je m'occupe de la maison et de la petite toute la matinée. Puis je vais chercher mon fils et on va se promener un peu en attendant leur père.

Je suis malade depuis presque deux semaines.

Je pensais que c'était une crise de paludisme. En fait je suis enceinte.

Quand j'ai appelé mon mari pour le lui annoncer, il est resté muet.

J'ai attendu une minute, peut-être deux, mais

il n'a rien dit. J'ai senti les larmes qui montaient dans ma gorge, alors j'ai raccroché.

Quand il est rentré, il m'a expliqué que l'arrivée d'un nouvel enfant lui avait fait peur parce que nous n'avons ni la place ni l'argent pour l'accueillir.

Le soir, j'ai appelé ma mère. Je me suis enfermée dans la salle de bains pour que les enfants ne me voient pas, parce que je savais que j'allais pleurer.

Maghreb

La grossesse m'épuise.

Je n'arrive plus à gérer la maison et les enfants, j'ai même du mal à me lever pour emmener mon fils à l'école.

J'ai tout le temps envie de vomir, je ne supporte plus rien, ni les couleurs ni les odeurs, je voudrais que les trois premiers mois soient déjà loin.

Je voudrais danser.

Asr

Mon ventre s'est arrondi, et mon père est rentré du Sénégal. Ça n'a pas marché pour lui. Il a connu un aspect de ce pays que je n'ai qu'effleuré, la paresse des Sénégalais, et leur habitude d'escroquer les Blancs autant que possible. Même ceux en qui nous avions le plus confiance ont essayé de profiter de lui, et voilà terni le seul bon souvenir que j'avais de mon voyage.

J'avais oublié aussi que c'est un Français, qu'il a plus de 50 ans, et qu'il ne pourrait pas vivre comme nous là-bas. Il lui aurait fallu un appartement, une domestique, de l'électroménager et même un scooter. C'est très difficile de tenir ce train de vie en Afrique sans un salaire français.

Le voilà donc de nouveau chez sa meuf. Il va essayer de négocier avec le fisc un plan de remboursement et prendre le local que lui proposait le maire.

Ils ont rasé la maison médicale. Je suis repassée dans la rue l'autre jour. Il y a un pavillon en construction à la place.

J'ai du mal à croire qu'il ne reste rien.

Je vérifie le numéro sur les maisons voisines. C'était bien là.

Je sais que tout fut différent ici. Une présence invisible me frôle, furtive, silencieuse.

Le terrain à peine dépassé, l'ombre se dissipe en susurrant un dernier vide à mon cœur, les bruits de la rue reprennent leurs droits, oiseaux, enfants, voitures. Elle a disparu.

Maghreb
Évry (91)

On a emménagé dans un nouvel appartement. Depuis trois mois je ne pense qu'à ça. C'est un grand F5, 120 m^2, deux salles de bains, un jardin et un garage attenant. Une vraie petite maison ! Il est juste à côté d'une cité, mais ça a l'air calme.

J'avais oublié la saveur douce et somnifère du confort.

C'est grand, lumineux, je n'ai qu'à faire un pas pour être dehors, et de chacune de mes fenêtres je peux voir mon jardin.

L'appartement reste frais en dépit de la chaleur assommante dehors, donc malgré la fin de grossesse je ne souffre plus de la canicule depuis que je suis ici.

Mais quand je vois les gens dehors, surtout les femmes, ou que je sens l'odeur des barbecues en passant devant les terrasses, j'ai l'impression d'être dans un train qui m'emporte, et de regarder tout ça par la fenêtre. Le train va trop vite et j'ai mal au cœur, je voudrais briser la vitre pour respirer l'air frais, sentir le vent sur mon visage et dans mes cheveux, le soleil sur ma peau.

Dohr

Ma fille est née. Un petit bout de moi, 2,8 kilos à peine. Elle a une tête de tortue.

Asr

Il fait froid et gris dehors maintenant, mais je suis chez moi, je me sens protégée ici, ça ressemble à un foyer.

Icha

J'ai tout le temps peur.

Tout me paraît insurmontable, les frais qu'engendre l'appartement, les enfants, je n'ai plus de courage pour rien.

À chaque fois que j'ai ma mère au téléphone, j'ai l'impression de passer mon temps à lui mentir même quand je dis la vérité. Et elle sait que je mens.

Noël approche. J'y pense des mois à l'avance, ce que je vais mettre, l'ambiance qu'il y aura, l'hypocrisie de tout le monde faisant comme si tout allait bien, faisant semblant de s'aimer comme avant.

Mon mari sur son coin de chaise, mal à l'aise et silencieux, ma mère de l'autre côté qui fait la moue à chaque fois que je parle, et moi au milieu, ne sachant plus vers qui me tourner ni quoi dire, moins bien avec ma propre famille qu'avec des étrangers.

Maghreb

Les relations avec mon mari sont meilleures qu'avant, on s'est habitués à vivre ensemble, on a construit des choses, traversé des épreuves, fait des enfants…

Mais je ne peux pas me confier à lui, je ne lui

dis rien de ce que je pense, dès que je veux faire quelque chose, je pense à lui. Il ne va pas trouver ça bien, il va dire que j'aurais dû plutôt faire ceci ou cela et me faire argumenter jusqu'à ce que je perde confiance en moi.

Alors je ne fais rien. Je lui mens parfois, le soir, je lui dis tout ce que j'aime chez lui et que je suis heureuse. Et je sais que je mens, mais je voudrais tellement croire ce que je dis. J'y arrive certains jours.

Il y a plusieurs musulmanes dans l'immeuble, dont une convertie au deuxième. Mais leur compagnie m'insupporte, je n'en peux plus d'entendre parler de religion. La supériorité des musulmans sur les autres. Les bienfaits du voile. La séparation des hommes et des femmes. La femme au foyer, les *hadiths*[1], les versets, les prières qu'il faut faire quand on se regarde ou qu'on mange ou qu'on éternue. J'ai envie de vomir.

Et puis souvent, je crois voir dans leur sourire, dans leur regard, cette ombre qui est aussi

1. Paroles du prophète, rapportées par différentes chaînes de transmission dont certaines sont considérées comme plus fiables que d'autres.

en moi. Cette pièce secrète entrouverte, ce confessionnal intime où résonne enfin la vérité, le seul endroit où elles osent admettre qu'elles ne sont pas heureuses.

Est-ce que je vais vivre comme ça ?

Je vais mourir comme ça ? Petite femme voilée invisible, soumise à son destin et à son mari, ni heureuse ni vraiment malheureuse, je vais attendre que la vie se soit complètement écoulée, et je tomberai avec la dernière goutte, le cœur glacé d'effroi se rappelant soudain tous les mensonges et les pensées impures, se demandant si finalement c'était ça qu'il fallait faire pour gagner le paradis, se demandant si finalement il y a un paradis.

Sacrifier toute ma vie dans un élan, dans une passion, cela me semblait si facile il y a quelques années, mais maintenant je trouve chaque jour plus long que le précédent, les années s'étirent à l'infini et je ne peux que me regarder vieillir, mourir, lentement.

Dohr

Mon mari n'est pas venu avec moi à Noël, il était enrhumé.

Ma famille l'a très mal pris, mais moi j'étais presque soulagée de son absence, j'ai pu rire un peu et presque me détendre.

On ne fête pas Noël bien sûr, et on a dit à nos enfants que le père Noël n'existait pas mais, à chaque fois qu'ils rentrent de l'école, ils me racontent qu'il va passer apporter des cadeaux et me demandent si je l'ai déjà vu. Finalement ils ont envie d'y croire eux aussi, alors je les laisse, quand mon mari n'est pas là.

C'est différent pour une famille arabe qui fête vraiment l'*Aid*, qui a ses propres repères culturels. Nous on fête tout à moitié et tout sonne faux.

Icha

Un an s'est écoulé. C'était long et flou comme un mauvais rêve.

Dans ma petite ville de banlieue paumée, avec ma petite vie minable de courbettes et de gémissements.

J'ai l'impression d'être dans mon corps comme une prisonnière, je me regarde ne pas vivre par la fenêtre. Je n'en peux plus de cette vitre. Elle est sale, pleine de traces de mains, sang et sueur mêlés, quand j'essaie de la briser.

Chaque matin je me réveille stressée, je cours dans tous les sens pour être à l'heure à l'école, puis je rentre et je répète les mêmes gestes quotidiens, le ménage, le bébé.

Mais ce qui me fait le plus peur quand je me réveille, dans mon lit où la place de mon mari est déjà froide, c'est la soirée que je vais passer avec lui, son regard, ses mains, et l'obligation de satisfaire des désirs que je ne connais pas.

Maghreb

Leila a passé trois semaines chez moi.

Elle est à nouveau divorcée de Saadi qui l'a foutue dehors pour la énième fois. Elle est d'abord repartie chez ses parents au Maroc, mais elle est restée mariée assez longtemps pour obtenir ses papiers et elle a décidé de tenter sa chance en France.

Elle a beaucoup changé depuis le Sénégal, elle est pleine de vie et de volonté, et je l'apprécie beaucoup. J'ai eu du mal au début, quand elle est arrivée, je ne la connaissais presque pas, pour moi c'était un peu tous les toubabs qui s'invitaient chez moi avec elle, mais au fil des jours j'ai découvert une femme au moins aussi brisée que moi.

On parle beaucoup des Français, de ce qu'ils deviennent. Il paraît que Tariqa a disparu, j'espère qu'il ne l'a pas tuée.

Samia a fini par aller là-bas elle aussi, et elle a divorcé de son mari.

Leila me raconte les stratagèmes de Saifeddine pour réussir à les séparer, eux qui étaient si amoureux. Il a emmené Ahmed voir des prostituées puis a dit à Samia que son mari la trompait et à son mari qu'elle draguait les hommes.

Il a déformé leur vision de la vie et de l'islam jusqu'à ce qu'ils soient incapables de voir la route devant eux, et qu'ils soient obligés de le suivre aveuglément, à gauche, à droite, jusqu'en enfer.

Ça me fait du bien de parler avec elle, c'est la seule personne qui puisse vraiment me comprendre avec Alhan. Elle a vécu la même chose que moi et, à peu de chose près, en est arrivée aux mêmes conclusions. La différence, c'est qu'elle n'est plus mariée et n'a pas d'enfants, elle a 23 ans et la vie devant elle.

Quand elle s'apprête pour sortir, elle met des

vêtements serrés, je lui dis que ce n'est pas bien et que je ne pourrais pas sortir comme ça, mais au fond je l'envie d'imposer sa féminité à la barbe de l'islam.

Elle a été mariée à Saifeddine pendant quelques semaines.

Il avait fini par les convaincre, eux aussi, que leur mariage était maudit, et pris Leila.

Pendant un mois, elle a été comme une princesse, puis il est parti en France et de là-bas il a commencé à l'insulter au téléphone et à lui dire qu'il n'avait jamais voulu d'elle. Elle n'a pas attendu qu'il le lui dise deux fois, et elle est rentrée au Maroc. Il n'aura pas eu le temps de commencer à l'humilier et à la frapper. Finalement, c'est la seule qui a réagi à temps.

Là-bas elle a retrouvé Saadi, ils ont compris les mensonges de Saifeddine et ils se sont remariés.

Quelques mois après il la mettait dehors, comme avant, en la traitant de pute et en la menaçant de la tuer.

Elle vit comme ça depuis qu'elle a 16 ans, elle a voulu que ça marche et elle a tout fait pour ça, mais à la fin elle ne pensait plus qu'à tenir jusqu'à ce qu'elle ait ses papiers. Elle a tout supporté, les coups, les humiliations, quand il la giflait dans la rue parce qu'elle ne marchait pas assez vite, quand il rentrait ivre ou la trompait avec une prostituée. Elle a été rabaissée et maltraitée pendant des années.

Elle ne demande pas grand-chose pourtant, une vie normale, un foyer, des enfants et un mari qui l'aime.

Souvent, j'ai presque honte d'avoir tout ça et de ne pas m'en contenter. Je me dis que c'est ça le bonheur, que je l'ai dans la main, mais je n'arrive pas à le saisir, pas même à le voir.

Parfois, je lui parle de divorcer, et elle se récrie, elle me dit : « Ne fais pas ça, crois-moi, je ne te souhaite pas de vivre ça, ton mari il est bien, il est gentil, il est beau, il paie le loyer. Moi, je resterais. »

Mais moi j'étouffe !

Je n'en peux plus de ces journées toutes semblables, de ce silence, de ces murs que je me construis jour après jour, de plus en plus haut, bientôt je ne verrai même plus le soleil.

Entre deux pierres, un petit filet de jour m'éblouit, je colle ma bouche pour respirer mais je n'avale que poussière, ciment et terre.

J'essaie de voir, il y a de l'herbe et une silhouette noire avec une grande épée. Elle est là, juste devant le mur, elle monte la garde. Elle croit entendre un bruit, peut-être ma respiration. Elle se retourne. C'est moi.

Tous les matins il faut se lever et jouer la même comédie, répéter les mêmes phrases jusqu'à ce qu'on ait oublié le reste, jusqu'à ce qu'on ne sache même plus parler.

Tous les soirs il faut s'allonger et essayer d'oublier l'instant, de rêver à autre chose pour se tenir chaud, et oublier hier et oublier demain.

Icha

Quand on se dispute, mon mari commence lui aussi à parler de divorce.

Je ne lui dis plus jamais que je l'aime. Il saurait que je mens.

Je voudrais qu'il prenne la décision, je voudrais que ce soit un salaud, qu'il me frappe, qu'il me trompe, et avoir une bonne raison de partir.

Mais il reste le même jour après jour, calme, posé, rigoureux, bon père, bon mari, en apparence toujours impeccable, la tête haute et le regard noir, il traverse la vie sans dévier, fort de ses convictions.

Rien ne se fait au hasard, jamais de coup de tête, trop peu de coups de cœur.

Ses amis passent une fois par semaine, je reste dans la chambre, mais je suis contente, je me coucherai tôt, pour être déjà endormie quand il viendra.

Parfois c'est lui qui va chez eux, et c'est encore mieux.

Le reste du temps, je sais qu'il va commencer à se rapprocher de moi dès que les enfants seront couchés. Il va sourire et essayer d'être gentil, et si je fais semblant de ne pas comprendre, si je le repousse, sa bouche va se plisser, il va aller sur son ordinateur et on passera la soirée chacun de notre côté, moi dans le salon, lui dans la chambre. J'attendrai qu'il aille se coucher pour ne plus le croiser.

Parfois, quand on a fait l'amour, on passe presque une bonne soirée, on regarde un film, il est un peu tendre, pas trop parce que je ne supporte pas ses baisers, ni sa respiration, ni les bruits qu'il fait avec sa bouche.

Icha

J'ai 28 ans.

Je pense à la jeune fille que j'ai été. Je n'ai pas l'impression d'être devenue une femme.

C'est comme si je m'étais perdue en chemin, comme si mon ombre s'était séparée pour partir de son côté, avec mon âme dans la poche. Je ne suis plus qu'un fantôme qui cache son néant sous un drap.

Je ne supporte plus les tâches ménagères, la cuisine, le linge, les douches des enfants, encore et encore, jour après jour, toute la journée. Je deviens aigrie, je ne me supporte plus moi-même parfois.

Je tourne en rond dans mon bocal en regardant le monde déformé à travers la vitre, tellement fatiguée d'être enfermée que je n'ai plus la force de chercher à sortir.

Je déteste l'idée de renoncer, d'abdiquer, d'être une personne de plus qui a rangé ses rêves au placard et vécu une vie sans saveur en attendant la mort, sagement.

L'autre jour, quand je marchais dans la rue, une musulmane du quartier m'a arrêtée pour me parler des cours du dimanche à la mosquée où les femmes apprennent la religion.

Mon cœur était serré quand je l'écoutais, je ne pensais qu'à m'en aller vite avant qu'elle ne commence à me citer les *hadiths* sur l'importance des études religieuses.

J'avais envie de lui dire que j'avais déjà étudié, que j'avais même vécu dans une mosquée, et que depuis je ne supportais plus les musulmans. Mais je ne pourrais même pas prononcer ces mots, je ne parle plus.

Le vide de ma vie me terrorise.

Je repense à la jeune fille que j'ai été, qui promettait de devenir une femme.

Maghreb

On n'arrête plus de se disputer.

Je crois qu'on sait tous les deux que ça ne marchera pas maintenant, mais il ne prendra pas la décision. Si ça va trop loin, il dira qu'il va faire des efforts, et moi je ferai semblant d'en avoir envie. Je continuerai à faire semblant de l'aimer et d'être heureuse, et à avoir envie de vomir à chaque fois qu'il me touche, et à être écorchée à chaque fois qu'il me fait l'amour, au même endroit que les viols.

Je m'en veux, j'ai l'impression d'être ingrate quand je vois les maris des autres, que ce soit les toubabs ou les Arabes ici. Il ne me demande pas de préparer de bons repas, il ne ramène pas sa famille passer quelques semaines chez nous, il n'envoie pas la moitié de son salaire au bled tous les mois, mais je ne me sens pas libre avec lui. Il ne doute jamais, ne flanche jamais, la religion gère le moindre de ses actes, parfois même sans qu'il s'en rende compte.

Et moi je me sens faible quand je suis avec lui, incapable de croire assez fort, écrasée sous le poids de ses certitudes.

Je continue, parce que j'ai trois enfants et plus rien d'autre que cette vie.

Mais à chaque pas le fer de mes sandales s'enfonce dans ma chair et me cisaille.

Je trébuche sur les jours inertes et mous, je manque de tomber, il faut s'accrocher à leur chair flasque, ils sont de plus en plus nombreux, c'est un amas de jours sans vie qu'il faut escalader, et plus je monte, plus ça sent la mort.

En bas, à côté, il y a un chemin, je ne le verrai plus bientôt.

Asr

J'ai appelé les services sociaux pour dénoncer Saifeddine.

Depuis que j'ai retrouvé une vie normale, je n'arrête pas de penser aux enfants, Mohamed, Aicha, Saadallah, Kerredine, à ceux qui sont nés après et que je ne connais pas. Je sais que les plus grands ne sont pas scolarisés, je me demande ce qu'ils vont devenir, j'en ai presque peur.

Sobh

Je suis partie en week-end avec ma mère dans le Berry pour fleurir la tombe de mon grand-père et j'ai enlevé le voile.

Je croyais que j'allais me sentir mal à l'aise. Mais non. Pas du tout. Je me sentais bien, en fait je me sentais presque mieux couverte qu'avec mon foulard. J'étais comme tout le monde, on ne me dévisageait pas, on me déshabillait moins du regard que quand je portais mes grandes robes.

Je croyais tenir au voile, comme à la rambarde d'un bateau pendant une tempête, mais cette barrière-là aussi est tombée.

Depuis quelques mois, je m'habille de moins en moins large, j'ai jeté mes ensembles informes, je porte des jeans et des foulards colorés. Mon mari me regarde faire, il essaie de ne rien dire, mais je vois son visage qui change, et parfois il ne peut s'empêcher de me demander : « Tu vas sortir comme ça ? » Une fois, il a fait la tête parce que j'ai échangé un sourire avec un vigile. Je suis jolie.

Maghreb

Alhan m'a appelée. Cheikh a marié Aissatou au professeur de Coran de la *zawiya*. Elle a 16 ans, lui plus de 60, une femme et des enfants.

Je repense à elle le soir où elle voulait partir à Dakar, à ses yeux qui brillaient dans la nuit.

Dans un an ou deux, elle sera maman. Elle aura sans doute quatre ou cinq enfants, peut-être plus. Avant 30 ans elle sera veuve, avec comme unique perspective de rester à la *zawiya* jusqu'à la fin de sa vie car, là-bas, les veuves ne se remarient pas.

Une des jeunes *shérifa* s'est enfuie, peut-être qu'ils voulaient la marier aussi.

Je me sens complètement décalée, j'en veux à Cheikh, je trouve ce mariage tellement cruel. Il paraît que c'est pour la punir parce qu'elle a fait trop de choses inconvenantes ces derniers temps.

Prison à perpétuité, telle a été la sentence.

Saifeddine est retourné dans le désert avec sa famille, dans le village où il a étudié il y a quelques années, peut-être à cause des services sociaux.

Fatiha, elle, a eu un quatrième enfant, qui lui a été retiré par la DDASS. Son mari et elle vivent toujours dans la même chambre d'hôtel misérable, à six dans 12 m^2, parce qu'il ne faut pas s'attacher au *dounia* [1], et les problèmes psychologiques de la maman s'étant aggravés ces derniers mois, ils l'ont jugée incapable de s'occuper d'un nouveau-né.

J'imagine sa vie, coincée dans sa chambre avec ses trois enfants et l'absence du dernier comme un cri qui couvre tous les autres. Plus de famille ni d'amis, juste un mari autoritaire et fanatique qui ne parle que d'islam toute la journée, qui ne sait pas de quoi il parle.

1. Monde sensible, par opposition au paradis.

J'ai dit à mon mari que je voulais travailler, même s'il fallait parfois enlever le voile pour ça. Faire de l'humanitaire aussi, voyager et écrire, bref, revivre.

Il sent venir tout ça depuis quelque temps, mais il ne comprend pas que je sois attirée par des activités qui m'obligent à renoncer à certaines pratiques de l'islam.

Il ne peut même pas concevoir que je puisse travailler avec des hommes. Si encore je voulais être vendeuse dans une boutique de vêtements musulmans...

Ou dans une librairie islamique.

Mais moi, j'ai justement envie d'être avec des gens qui ne parlent pas que de religion, qui ne se demandent pas à chaque fois qu'ils vont aux toilettes ou se lavent les dents si c'est bien comme ça qu'aurait fait le Prophète et s'ils ont bien récité la bonne prière au bon moment.

J'ai envie d'être avec des gens qui avancent sans prétendre connaître demain, sans même s'en inquiéter.

Et j'ai envie d'être, tout simplement, de vivre, d'aimer, de ressentir, même de pleurer.

Icha

J'ai recommencé à fumer. Il faut que je fasse quelque chose d'interdit, absolument.

Sobh

J'ai demandé à Karim de partir quelque temps.

J'avais besoin, un besoin viscéral qu'il parte, et un jour ou deux après j'avais déjà envie de tout changer dans l'appartement, de repeindre les murs, de changer les meubles de place, de tout refaire à ma façon.

C'est comme si j'avais grandi d'un coup et que je voyais jusqu'à l'horizon par-dessus la tête du monde.

Pendant quinze jours, on s'est appelés presque tous les jours, on s'est parlé des heures sur MSN, et ça se passait bien, même si je n'étais pas prête à le voir revenir. Il était plein de bonne volonté et je me disais que tout n'était peut-être pas perdu, que je pourrais peut-être préserver ma famille et être heureuse malgré tout.

Au terme de ces deux semaines, il m'a téléphoné pour me dire qu'il avait décidé de revenir à la maison. Il a dit que ça faisait longtemps qu'il était chez sa mère et qu'il voulait rentrer chez lui. Il a dit qu'il revenait avec l'intention de me laisser libre. Mieux, de m'encourager.

Il avait l'air tout content de sa décision, et plus je l'écoutais, plus mon cœur se serrait, plus la rage montait.

Toutes les années passées avec lui se déroulaient devant mes yeux quand il me parlait, l'image était déformée, inquiétante, c'était la vérité.

Il est plein de bonne volonté mais, tout ce que je vois, c'est qu'il ne me demande pas mon avis, il a décidé de rentrer et voilà. À cet instant, je suis sûre que je ne veux plus jamais être sa femme, tout ce que je veux c'est qu'il sorte de ma vie, et je le lui dis.

Nous nous sommes disputés violemment, et ça nous a achevés tous les deux. Il a accepté de divorcer le week-end suivant, quand il est venu chercher les enfants.

Mai 2006

Ma vie est un nuage d'atomes qui se regroupent ici ou là, forment une silhouette floue, indicible, et se repoussent de toutes leurs forces, se dissolvent, s'envolent dans une fuite hasardeuse.

J'erre dans cette danse effrénée, je regarde, je suis perdue.

Plus rien n'a de sens, je ne sais plus qui je suis, où je vais ni pourquoi.

Où est passée ma vie ? Je n'arrive plus à me voir. Il y a un ravin derrière moi. Je l'ai traversé, j'y ai laissé mon âme, mon sang, tout mon corps, je ne suis plus qu'une ombre.

Et la mélancolie tapie dans l'obscurité, derrière moi en moi, attend. Les bras ouverts posés sur ses cuisses, la tête légèrement penchée à gauche, lascive.

Et je danse. Je me désagrège, je me rassemble,

je ne suis plus qu'un nuage moi aussi, il faut que je m'abandonne pour ne pas tomber.

Cœur rouge sang sur la fuite des lumières pastel.

Je suis à la limite, la frontière de l'esprit où le néant vous glace, là où la folie et la raison, le bien et le mal se mêlent enfin avant de sombrer.

Quand je me regarde dans le miroir, je ne me reconnais pas, je suis une étrangère. Qui suis-je ?

Moi, moi, moi.

L'enfer, c'est moi-même.

Mais ma vie bouge !

Dans un mouvement de balancier, je remonte lentement une route que j'avais descendue si vite, je revois les mêmes paysages, les mêmes visages. Je ne veux plus voir en bas.

Peu de temps après le divorce, j'ai arrêté la prière et enlevé le voile. Ça a fait un petit scandale dans la communauté musulmane du quartier. Des femmes à qui je disais à peine « *Assalamou Aleykoum* » le matin m'ont couru après pour me demander ce qui m'arrivait, si ça allait, et surtout me dire que si j'étais musulmane il fallait le remettre.

Une convertie non voilée est venue me dire que son mari entendait beaucoup parler de moi dehors, et ne voulait plus qu'elle me voit.

Il paraît que l'imam de la mosquée a dit que c'était pire de l'enlever que de ne jamais commencer à le porter.

Un vent chaud, l'odeur du sable. Le Sénégal.

Depuis, elles ne me saluent plus et, quand elles ne parviennent pas à éviter mon regard, il n'y a que distance et pitié dans leurs yeux.

Je ne suis plus la prostituée devenue sainte, maintenant je suis la sainte devenue prostituée.

Peu importe. Même quand je me couvrais jusqu'au visage, même quand je priais à longueur de vie, même quand toutes mes intentions et tous mes actes n'étaient tournés que vers la religion, j'étais coupable.

Moi qui croyais trouver dans la religion une communauté de cœur, absoute d'hypocrisie et de médisance, je n'ai jamais été aussi souvent jugée et humiliée que par ceux qui m'appelaient leur sœur.

Non.

Je ne passerai pas mes matinées à cuisiner pour mon mari. Tous les jours, même fatiguée, même malade, écœurée par l'odeur jusqu'à ne plus manger.

Non.

Je ne peindrai pas sur mon visage un sourire triste. Tous les jours, sans maquillage, dire tout va bien avec des yeux éteints.

Non.

Je ne ferai plus de chaque geste de ma vie une intention.

Moi je suis bien sans voile.

Les hommes me regardent. C'est mal ? En tout cas, ça fait du bien.

Je sens le soleil sur ma peau et le vent dans mes cheveux, je me sens libre.

Pendant toutes ces années, j'ai répété que le foulard ne me pesait pas, et pourtant je me sens légère comme si on m'avait ôté un poids énorme des épaules.

À l'origine, le voile était un symbole de liberté et de dignité pour les femmes, mais le monde a bougé, et le symbole a glissé. Aujourd'hui, certains ne veulent plus que les femmes se couvrent, mais qu'elles disparaissent. Est-ce qu'ils ont peur ? Avec une burka, sans formes, sans âge et sans parfum, on n'est plus une femme, presque plus un être humain. On touche au symbole.

La seule chose qui reste, c'est ce voile qui vous expose et vous isole à la fois, et qu'il faudrait porter comme les guerriers brandissent leur drapeau.

Uniforme, obéissance, discipline.

Un enrôlement dans une armée, avec à l'horizon la masse des armées ennemies, énormes, informes, nuée noire d'individus privés de raison, absurdement prêts à s'entretuer pour le Dieu auquel ils croient, parce que c'est le Même.

Soldats couleur de cendre, une braise encore chaude sur le cœur, quand vous parlez de la fumée s'échappe de vos lèvres. Ça pique les yeux, on ne voit plus rien.

Armés de grands principes et bardés de rigueur, vous vous tenez bien droits, mais jamais vous ne croisez un regard.

Vous dites que pour voir le trésor, il faut faire comme vous, devenir un soldat et envoyer de la fumée dans les yeux des gens, et sacrifier sa vie, ne plus bouger, rester là avec les pieds qui brûlent et les poumons en feu, un sourire traître sur les lèvres.

Vous vous croyez soldats, quand vous êtes geôliers.

Religion de partage, de libération et de savoir, ils font de toi une prison. Un lieu désolé où des hommes en armes tremblent de peur et de haine, où des femmes laissent ravager leur cœur et leur corps.

Un lieu dévasté où errent des âmes en peine, anges parfois et souvent démons, qui cherchent une raison de vivre et de s'aimer, de se croire supérieurs et de tuer.

Saadi a tué un homme.

Le gérant du tabac, dans notre petite ville, un jeune père de famille. Il l'a tué à coups de couteau pour quelques centaines d'euros.

Les flics sont venus chez Leila lui poser des

questions. Ils lui ont dit qu'ils l'avaient arrêté au Maroc.

Il a été jugé là-bas et condamné à vingt-sept ans de prison.

Il s'était remarié à peine un an avant avec la fille d'une voisine de sa mère, une Marocaine de 18 ans, et son fils est né le jour du jugement.

18 ans, marocaine, plus d'espoir d'obtenir des papiers français, un enfant dont le père est en prison pour meurtre.

Et une vie, une.

Saadi et Leila ont essayé pendant huit ans d'avoir un enfant ensemble, en vain. À présent elle est enceinte et lui papa, en moins d'un an.

Si elle avait eu des enfants avec lui, sa vie entière aurait été gâchée, il aurait peut-être fini par la tuer, la brûler dans une voiture, comme il l'en a si souvent menacée.

Elle ressasse tout ça encore et encore, tout ce qu'elle a vu, et comment ils vivent et ce à quoi ils croient.

C'est tellement loin de ce qu'elle a appris de l'islam auprès de ses parents qui se lèvent chaque matin pour la prière de l'aube et dont les filles sortent, se maquillent et s'habillent comme des jeunes femmes modernes, parce que c'est leur vie et que leur foi n'en dépend pas.

J'aurais préféré rencontrer ce genre de personnes sur ma route. Je sais que c'est ça aussi, l'islam. Surtout.

Mais les gens que j'ai croisés, moi, font de la religion un mouroir. Leur foi est maculée de haine et de peur.

Ils mélangent les écoles et les courants en ne gardant de chacun que le pire. Et ils veulent donner des leçons, parce qu'ils ont lu plein de livres et écouté plein de discours.

Un cousin du mari de Leila est venu du bled il y a quelques mois, il voulait trouver du travail et s'installer en France, mais il a rencontré les « frères » d'ici, avec leur grande barbe, leur *qami* et leurs pantalons au-dessus des chevilles, et maintenant il ne veut plus travailler, il a décidé d'aller dans je ne sais quel désert, pour observer la beauté de la Création, paraît-il...

Encore ce vent chaud comme le souffle d'un incendie sur mon cœur.

Dans ce pays où on rêve à longueur de spots à une vie de paillettes animées pour retomber bien vite dans la fange réaliste du zapping, l'islam, c'est le refus de ce que notre société est en train de devenir, c'est un recours pour ceux qui ont peur et une justification pour ceux qui sont en colère.

Certains jeunes sont attirés par la religion

comme d'autres par la drogue ou la délinquance. Ce n'est pas une croyance sereine qui les pousse, mais un intense besoin d'absolu. Échanger un horizon bouché contre un ciel immense, l'individualité contre la communauté, le sida contre mille vierges… ce monde contre le paradis.

Chacun a son histoire, ses blessures, ses faiblesses. On ne devient pas extrémiste par hasard, il faut avoir peur pour s'enfermer à double tour.

Une bonne dose de matraquage médiatique, d'intolérance et de racisme, et la porte est blindée.

Tout tourne dans ma tête quand je pense au passé, mais peu importe. Si la détresse vient avec son cortège de masques fantomatiques, si elle fait la courbette devant moi et me met un coup de tête en se relevant, je lui enfoncerai les doigts dans les yeux jusqu'à toucher le néant qui l'habite.

Peut-être que je me suis convertie à cause des viols ou de la drogue.

Peut-être que je n'avais pas de limites et que je m'en suis posé, presque infranchissables.

Peut-être que j'étais paumée et que l'islam c'était à la fois le droit chemin et la rébellion.

Sûrement.

L'islam, ça voulait dire que ma vie avait un sens, mieux, une raison.

Ça voulait dire qu'il y avait toujours quelqu'un pour me regarder et m'écouter.

Ça voulait dire que je méritais qu'on me respecte.

Ça voulait dire que plus jamais je n'aurais à me demander si ce qui m'arrivait était de ma faute, puisque tout était écrit.

C'était tout ça, une oasis dans le désert quand je mourais de soif.

Un mirage.

Peu m'importe.

Aujourd'hui je suis debout à nouveau, et je n'ai plus peur.

Je ne veux plus jamais me sentir victime, ni à la merci de quelqu'un.

Je ne veux plus jamais ressentir la torpeur, l'endormissement nauséeux de la normalité et du bon sens, la honte refoulée en bonne conscience du renoncement.

Je ne veux pas.

Non.

Non non non non non.

J'adore ce mot.

De ces sept années passées à courir après une lumière qui s'éloignait de plus en plus, il ne me reste au cœur qu'une fluette lueur de foi tremblante. Je l'ai mise sous verre pour qu'elle ne s'éteigne pas, j'évite de respirer trop fort quand je passe à côté pour ne pas la souffler, je jette un œil de temps en temps pour voir si elle est toujours là, et je me dépêche de penser à autre chose. Elle restera là, lampe d'Aladin parmi mes babioles, et je l'oublierai peut-être.

Mais de ces années de souffrance soufflées sur la misère par un vent de déraison, je garde trois trésors si précieux, si éblouissants de beauté, que ma caverne en est tout illuminée. Et même les vieilles images inquiétantes s'adoucissent sous cette lumière. Trois fleurs poussées dans la fange qui colonisent et recouvrent le malheur. Trois cœurs dont les battements chaque jour couvrent les cris que je n'ai pas poussés, et qui sont restés là. Pour eux je dépoussière et je range la caverne, par eux elle devient un foyer, enfin.

Et quand mes anges me demandent qui a frappé aux portes de notre paradis, parce qu'ils ont vu sur moi l'ombre d'un démon, je réponds : « Personne, c'était une erreur. »

À cette heure frémissante entre la nuit et le jour, plus tard que le minuit de l'âme, le chemin est là, à peine éclairé par la blancheur des pages que je noircirai peu à peu, pas à pas.

L'air est doux, le soleil va se lever, et bientôt je verrai étendues devant moi, lascives, offertes, les terres ravagées par l'incendie mais qui renaissent plus fortes, l'indicible frisson de la vie.

Le Livre de Poche

www.livredepoche.com

- le **catalogue** en ligne et les dernières parutions
- des **suggestions de lecture** par des libraires
- une **actualité éditoriale permanente** : interviews d'auteurs, extraits audio et vidéo, dépêches…
- **votre carnet de lecture** personnalisable
- des **espaces professionnels** dédiés aux journalistes, aux enseignants et aux documentalistes

Composition réalisée par FACOMPO (Lisieux)

Achevé d'imprimer en décembre 2008 en Espagne
LITOGRAFIA ROSÉS S.A.
08850 Gava
Dépôt légal 1re publication : janvier 2009
LIBRAIRIE GÉNÉRALE FRANÇAISE
31, rue de Fleurus – 75278 Paris Cedex 06

31/2614/1